ヴァンパイアくん、溺愛《できあい》注意報《ちゅういほう》！

今日《きょう》から吸血鬼《きゅうけつき》の花嫁《はなよめ》に!?

望月《もちづき》くらげ

JN239300

カドカワ読書タイム

目次《もくじ》

contents

dekiai-chuiho

♥プロローグ　ドキドキのはじまり!?

細《ほそ》めた目《め》を私《わたし》に向《む》けて彼《かれ》は不敵《ふてき》な笑《え》みを浮《う》かべた。

「お前《まえ》は俺《おれ》の花嫁《はなよめ》だ」

彼《かれ》は私《わたし》の頬《ほお》に手《て》を伸《の》ばすと、鼻先《はなさき》が触《ふ》れそうなほどに顔《かお》を近《ちか》づける。

「え、なっ……！」

一瞬《いっしゅん》、何《なに》を言《い》われたのか、何《なに》が起《お》きているのかわからなくて、でも心臓《しんぞう》はドキドキとすごい音《おと》を立《た》てていた。

だ、だってこんなこと言《い》われたの初《はじ》めてで……。

初《はじ》めて会《あ》った、それもとびっきりカッコいい男《おとこ》の子《こ》から見《み》つめられると何《なに》も言《い》えなくなる。

頬《ほお》に添《そ》えられていた手《て》は撫《な》でるようにして首筋《くびすじ》へと触《ふ》れる。

「これからよろしくな」

意味深《いみしん》な表情《ひょうじょう》を浮《う》かべて笑《わら》った男《おとこ》の子《こ》の口元《くちもと》からニュッと伸《の》びた犬歯《けんし》が見《み》えた。

人間《にんげん》のものには見《み》えないそれは、彼《かれ》が人《ひと》とは違《ちが》う存在《そんざい》だと言《い》っているようで……。

こ、こんなことになっちゃうなんて、私《わたし》の平和《へいわ》な日常《にちじょう》はどうなるの――!?

第《だい》一章《しょう》　同《どう》居《きょ》相《あい》手《て》は吸血鬼《ヴァンパイア》!?

普《ふ》通《つう》でいたい、目《め》立《だ》ちたくない。あの日《ひ》からずっとそう思《おも》って生《い》きてきた。

「……っ」

視《し》線《せん》だけを動《うご》かして、時《と》計《けい》を見《み》る。チャイムが鳴《な》るまであと少《すこ》し。教《きょう》卓《たく》で担《たん》任《にん》の笠《かさ》羽《ば》先《せん》生《せい》がため息《いき》をついているのが見《み》えたけれど、私《わたし》は息《いき》を殺《ころ》すようにジッとしていた。

「はあ。じゃあ、続《つづ》きは来《らい》週《しゅう》のロングホームルームの時《じ》間《かん》に決《き》めるから、各《かく》自《じ》ちゃんと考《かんが》えておくように」

言《い》い終《お》えた瞬《しゅん》間《かん》、教《きょう》室《しつ》にチャイムが鳴《な》り響《ひび》いた。

「……ふう」

ようやく息《いき》を吐《は》き出《だ》すと、私《わたし》は机《つくえ》の横《よこ》にかけておいたスクールバッグを机《つくえ》の上《うえ》に置《お》いた。

バッグにはこの間《あいだ》、友《とも》達《だち》と作《つく》ったネームプレートがついていて、私《わたし》の名《な》前《まえ》である桜《さくら》井《い》夏《なつ》希《き》の『NATSUKI』という文《も》字《じ》が彫《ほ》られていた。

私《わたし》の趣《しゅ》味《み》とは違《ちが》う、シルバーのプレート。でもみんなが作《つく》るって言《い》ってるのに私《わたし》だけいらないなんて言《い》えるわけがない。言《い》ったらどうなるか、想《そう》像《ぞう》しただけで胃《い》がキリキリと痛《いた》くなる。

「夏希《なつき》、今日《きょう》の帰《かえ》りなんだけど、みんなでカラオケに行《い》こうかって話《はな》してて」

帰《かえ》る準備《じゅんび》をし始《はじ》めた私《わたし》にクラスメイトが声《こえ》をかけてきた。私《わたし》はその言葉《ことば》に身構《みがま》える。

一緒《いっしょ》に行《い》こうという誘《さそ》いだったらどうしよう。今日《きょう》はお母《かあ》さんに早《はや》く帰《かえ》ってくるようにと言《い》われているから遊《あそ》びに行《い》くことはできない。

でも、誘《さそ》いを断《ことわ》って、気《き》まずくなるのも嫌《いや》だし……。

「えっと、その……」

「あ、ねえねえ！」

どうしたらいいかわからなくて口《くち》ごもっていると、他《ほか》の女子《じょし》が話《はな》しかけてきた。

「ん？　どうしたの？」

「ちょっとこっち来《き》て来《き》て！」

手招《てまね》きされてクラスメイトはそちらへと駆《か》けていく。

話《はなし》が流《なが》れてホッとする。早《はや》く教室《きょうしつ》を出《で》て帰《かえ》ろう。また誰《だれ》かに声《こえ》をかけられる前《まえ》に――。

「あ、夏希《なつき》！　もう帰《かえ》るの？」

肩《かた》をポンッと叩《たた》かれて振《ふ》り返《かえ》ると、そこには友達《ともだち》の冬崎美愛《ふゆさきみあ》がいた。美愛《みあ》は中学《ちゅうがく》に入学《にゅうがく》したばかりの頃《ころ》、誰《だれ》も知《し》り合《あ》いがいなくて不安《ふあん》だったときに話《はな》しかけてくれた。それから今《いま》までずっと仲良《なかよ》しでいてくれてるんだ。

「うん、今日《きょう》はお母《かあ》さんに早《はや》く帰《かえ》ってくるように言《い》われてるの」

「そっか、じゃあ早《はや》く教室《きょうしつ》出《で》なきゃだね。結構《けっこう》みんな盛《も》り上《あ》がってるし」

美愛《みあ》がチラッと視線《しせん》を向《む》けた先《さき》では、男女問《だんじょと》わずワイワイと話《はな》しているのが見《み》えた。どうやらさっきのカラオケの話《はなし》らしい。

「ほら、早《はや》く行《い》こ」

背中《せなか》を押《お》されるままに、私《わたし》は美愛《みあ》と一緒《いっしょ》に教室《きょうしつ》を出《で》た。

「美愛《みあ》は行《い》かないの？　今日《きょう》部活《ぶかつ》なかったよね」

たしかに部活《ぶかつ》がない日《ひ》はよく一緒《いっしょ》に帰《かえ》ってるけど、でも美愛《みあ》ならカラオケに誘《さそ》われたら行《い》きそうなのに。

不思議《ふしぎ》に思《おも》って尋《たず》ねた私《わたし》に、隣《となり》に並《なら》んだ美愛《みあ》は「それがさー」と口をとがらせた。

「顧問《こもん》から呼《よ》び出《だ》されちゃって。だからカラオケもだけど夏希《なつき》とも一緒《いっしょ》に帰《かえ》れないんだ」

「え、あ……そうなんだ？」

「ほら私《わたし》、二年《にねん》のまとめ的《てき》なポジションにいるでしょ？　多分《たぶん》そのことでだと思《おも》うんだよね」

美愛《みあ》は二年生《にねんせい》ながら、新体操部《しんたいそうぶ》のエース的《てき》ポジションだ。

三年生《さんねんせい》を押《お》しのけてレギュラー入《い》りしているし、高等部《こうとうぶ》に上《あ》がればインターハイ出場《しゅつじょう》間違《まちが》いなしと言《い》われていた。

「そっか、わかった。じゃあ、今日《きょう》は先《さき》に帰《かえ》るね」

「ホントごめんねー」

両手《りょうて》を合《あ》わせて美愛《みあ》は申《もう》し訳《わけ》なさそうに言《い》う。美愛《みあ》と一緒《いっしょ》に帰《かえ》れないのは残念《ざんねん》だったけれど、カラオケに行《い》かずに済《す》んだのはホッとした。

用事《ようじ》があるから一緒《いっしょ》に行《い》くことはできないのに、断《ことわ》って空気《くうき》を壊《こわ》したり乗《の》りが悪《わる》いと言《い》われたりしたくない。そんなことを思《おも》ってしまう自分《じぶん》が大《だい》っ嫌《きら》いだった。

職員室《しょくいんしつ》に行《い》くという美愛《みあ》と別《わか》れ、ひとりで学校《がっこう》を出《で》る。

五月《ごがつ》だというのに、あまりの天気《てんき》の良《よ》さに夏《なつ》を先取《さきど》りしたのかと思《おも》うぐらい。

「あっ……」

十分《じゅっぷん》も歩《ある》けば頬《ほお》を汗《あせ》が伝《つた》い落《お》ちる。カバンの中《なか》にはお母《かあ》さんに持《も》たされた折《お》りたたみの日傘《ひがさ》が入《はい》っていた。

使《つか》えば少《すこ》しは暑《あつ》さが和《やわ》らぐことはわかっていたけれど、通学《つうがく》で日傘《ひがさ》を使《つか》っている人《ひと》なんてほとんどいない。なのに使《つか》ったりなんかしたら、目立《めだ》つに決《き》まっている。

ヒソヒソと何《なに》か言《い》われるかもしれない。そんなの絶対《ぜったい》に嫌《いや》だ。

できるだけ目立《めだ》たず、普通《ふつう》に生活《せいかつ》したい。そのために、わざわざ中学受験《ちゅうがくじゅけん》をして同《おな》じ小学校《しょうがっこう》の子《こ》とは違《ちが》う中学《ちゅうがく》に進学《しんがく》したんだから。

ようやく家《いえ》の近《ちか》くまで帰《かえ》ってきた。あと少《すこ》しだ、そう思《おも》った私《わたし》の目《め》に映《うつ》ったのは、お店《みせ》のシャッターにもたれかかっている男《おとこ》の子《こ》だった。

「え、ええ⁉　ど、どうしよう！　だ、大丈夫《だいじょうぶ》ですか⁉」

救急車《きゅうきゅうしゃ》を呼《よ》んだほうがいいかな？　ううん、とりあえず大人《おとな》の人《ひと》を呼《よ》んでくるべき⁉　私《わたし》の家《いえ》まですぐだから、家《いえ》に帰《かえ》ってお母《かあ》さんに――。

色々《いろいろ》なことが頭《あたま》の中《なか》をグルグルしていると、男《おとこ》の子《こ》はうっすらと目《め》を開《あ》けた。

慌《あわ》ててしゃがみ込《こ》み、男《おとこ》の子《こ》と視線《しせん》を合《あ》わせる。瞼《まぶた》に隠《かく》れていた瞳《ひとみ》は、吸《す》い込《こ》まれるような紫色《むらさきいろ》をしていた。

その目《め》に思《おも》わず見《み》とれていると、男《おとこ》の子《こ》は口《くち》を開《ひら》いた。

「あ……」

「あ？　あ、もしかして頭《あたま》が痛《いた》いとかですか？　それとも……」

「暑《あつ》い……なんだこの気温《きおん》は……喉《のど》がカラカラだ……」

「え？」

たしかに今日《きょう》はとても暑《あつ》いけど、倒《たお》れるほどではないと思《おも》う。でも目《め》の前《まえ》の男《おとこ》の子《こ》はぐったりと倒《たお》れ込《こ》んでいる。もしかしたら暑《あつ》さにすごく弱《よわ》いのかもしれない。

「おい、お前《まえ》」

「え？　私《わたし》？」

「お前《まえ》以外《いがい》に誰《だれ》がいるっていうんだ。この暑《あつ》さをなんとかしろ」

「なんとかって言《い》われたって、無理《むり》だよ」

「なんだと？」

私《わたし》の返事《へんじ》が不服《ふふく》だったのか、男《おとこ》の子《こ》は眉《まゆ》をひそめた。その表情《ひょうじょう》に思《おも》わず肩《かた》がビクッとなる。

でも、暑《あつ》さをなんとかしろって言《い》われても、どうしたら……。

「……あ、そうだ」

私《わたし》はカバンから日傘《ひがさ》を取《と》り出《だ》して開《ひら》くと、男《おとこ》の子《こ》が影《かげ》に入《はい》るように立《た》てかけた。

「これ、は……？」

「日傘《ひがさ》だよ。ちょっとは暑《あつ》さがマシになるでしょ？」

男《おとこ》の子《こ》は黙《だま》ったまま私《わたし》をジッと見《み》ている。

「あの……きゃっ」

どうかした？　と尋《たず》ねるよりも早《はや》く、男《おとこ》の子《こ》は私《わたし》の腕《うで》を掴《つか》むと自分《じぶん》の方《ほう》へ引《ひ》き寄《よ》せた。

「なっ、なに……」

そのまま首元《くびもと》に顔《かお》を寄《よ》せると――。

「お前《まえ》、いい匂《にお》いがするな」

「えっ、なっ」

何《なに》を言《い》われているのか理解《りかい》できなくて、思《おも》わず男《おとこ》の子《こ》の身体《からだ》を突《つ》き飛《と》ばした。

「いって……」

「あ、ご、ごめんなさ……」

ゴンッという音《おと》を立《た》てて、男《おとこ》の子《こ》はシャッターに頭《あたま》を打《う》ちつけてしまっていた。いくらビックリしたからって、倒《たお》れ込《こ》んでいる人《ひと》にひどいことをしてしまった……！

「大丈夫《だいじょうぶ》……？」

「大丈夫《だいじょうぶ》だから放《ほう》っておいてくれ。くそ、かっこわりい……暑《あつ》すぎて頭《あたま》がクラクラする……」

手《て》でおでこを押《お》さえる男《おとこ》の子《こ》に私《わたし》は慌《あわ》てて立《た》ち上《あ》がった。

「ちょっと待《ま》ってて」

近《ちか》くの自動販売機《じどうはんばいき》に向《む》かうと、スポーツドリンクを買《か》った。水《みず》でもよかったんだけど、脱水症状《だっすいしょうじょう》になっている可能性《かのうせい》があるときは、ミネラルを含《ふく》むスポーツドリンクの方《ほう》がいいって前《まえ》に先生《せんせい》が言《い》っていた。

「はい、これ」

買《か》ってきたスポーツドリンクを手渡《てわた》すと、男《おとこ》の子《こ》は一気《いっき》に飲《の》み干《ほ》した。よっぽど喉《のど》が渇《かわ》いていたみたいだ。顔色《かおいろ》も良《よ》くなってるし大丈夫《だいじょうぶ》そう、かな？

「どう？　しんどくない？　もし無理《むり》そうなら誰《だれ》か大人《おとな》の人《ひと》を呼《よ》んで……」

「大丈夫《だいじょうぶ》だって言《い》ってるだろ。もう行《い》け！」

男《おとこ》の子《こ》は私《わたし》をジッと見《み》つめると、命令《めいれい》するように言《い》う。

心配《しんぱい》してるのにどうしてそんな言《い》い方《かた》されなきゃいけないの!?

「なっ、し、心配《しんぱい》して言《い》ってるのに……！」

「うるさい。誰《だれ》もそんなこと頼《たの》んでないだろ。って、お前《まえ》……」

私《わたし》のことを男《おとこ》の子《こ》が不思議《ふしぎ》そうな表情《ひょうじょう》で見《み》つめてくる。

けど、まずい！　そろそろ家《いえ》に帰《かえ》らないとお母《かあ》さんに怒《おこ》られちゃう。

「じゃあ私《わたし》もう行《い》くから！」

「え、あ……ありが、とう」

「あ、日傘《ひがさ》はあげるよ。どうせ私《わたし》、使《つか》わないしね。それじゃあ！」

それだけ言《い》うと、私《わたし》は家《いえ》に向《む》かって走《はし》り出《だ》した。


「ただいま！」

バンッと玄関《げんかん》のドアを開《あ》けると、そこには仁王立《におうだ》ちをしたお母《かあ》さんの姿《すがた》があった。普段《ふだん》、仕《し》事《ごと》に行《い》くときのパンツスタイルではなく、今日《きょう》は薄《うす》いピンク色《いろ》のワンピースを着《き》ていた。

「もう、遅《おそ》かったじゃない。そろそろ蒼月《あおつき》さんがいらっしゃるっていうのに」

「蒼月《あおつき》さん？　って、お母《かあ》さん、それよりも！」

どうしてよそ行《い》きの格好《かっこう》をしているのかとか、今日《きょう》はいつもより帰《かえ》ってくるのが早《はや》いよねとか、蒼月《あおつき》さんが誰《だれ》なのかとか、気《き》になることは色々《いろいろ》あったけれど、それよりも先《さき》に私《わたし》はさっきの男《おとこ》の子《こ》の話《はなし》をした。

あのままにしておいて、また倒《たお》れてしまったりしたら、そう思《おも》うと不安《ふあん》で仕方《しかた》がなかった。

「あら……それは心配《しんぱい》ね」

時計《とけい》に視線《しせん》を向《む》けた後《あと》、お母《かあ》さんは玄関《げんかん》に下《お》りて靴《くつ》を履《は》いた。

「すぐ近《ちか》くでしょ？　まだ時間《じかん》は大丈夫《だいじょうぶ》だと思《おも》うから見《み》に行《い》きましょうか」

「うん！」

お母《かあ》さんの言葉《ことば》にすごくホッとして、私《わたし》は元来《もとき》た道《みち》を案内《あんない》するように歩《ある》いた。でも。

「誰《だれ》もいないわね」

さっきまで男《おとこ》の子《こ》が座《すわ》っていたところには、もう誰《だれ》の姿《すがた》もなかった。もちろん私《わたし》が貸《か》した日《ひ》傘《がさ》も。

「さっきまで本当《ほんとう》にいたんだよ！　嘘《うそ》じゃないの」

「嘘《うそ》だなんて思《おも》ってないわ。夏希《なつき》が渡《わた》したスポーツドリンクのおかげで少《すこ》しマシになって歩《ある》いて帰《かえ》ったのかもしれないし、お母《かあ》さんたちが来《く》るよりも前《まえ》に他《ほか》の人《ひと》が助《たす》けてくれたのかもしれない。少《すく》なくともここに来《く》るまでに救急車《きゅうきゅうしゃ》の音《おと》は聞《き》こえなかったから、悪化《あっか》したってこともないと思《おも》うわよ」

「よかったぁ」

「あら？　そんなにホッとするなんて、よっぽどカッコよかったの？　もしかして一目惚《ひとめぼ》れ？」

「は？　そういうんじゃないよ！　心配《しんぱい》だっただけ！」

「そう？　なーんだ、つまんない」

からかうように笑《わら》うお母《かあ》さんに頬《ほお》を膨《ふく》らませてみせる。なんでもかんでも恋愛《れんあい》に結《むす》びつけないでほしい。一目惚《ひとめぼ》れなんかじゃない。ただあんなふうに倒《たお》れている人《ひと》を見《み》るのが初《はじ》めてだったから、心配《しんぱい》だっただけ。

それに――。もう恋愛《れんあい》なんて、誰《だれ》かを好《す》きになるなんて、こりごりだ。

黙《だま》り込《こ》んでしまった私《わたし》に、お母《かあ》さんは「ふう」とため息《いき》をつくと、優《やさ》しく微笑《ほほえ》んだ。

「まあそれはそれとして、夏希《なつき》が倒《たお》れている誰《だれ》かを助《たす》けようと思《おも》うような、優《やさ》しい子《こ》に育《そだ》ってくれてよかったわ」

「……別《べつ》に、そんなんじゃないよ」

優《やさ》しいから助《たす》けたわけじゃない。ただ素通《すどお》りして、あとで何《なに》かあったときに、私《わたし》のせいでって言《い》われるのが嫌《いや》だっただけだ。そんなの優《やさ》しいなんて言《い》わない。

お母《かあ》さんは私《わたし》の背中《せなか》を軽《かる》く押《お》すと歩《ある》き出《だ》す。私《わたし》もお母《かあ》さんに連《つ》れられるようにして自宅《じたく》への道《みち》のりを再《ふたた》び歩《ある》き出《だ》した。

家《いえ》に帰《かえ》り、制服《せいふく》を着替《きが》えようとすると、お母《かあ》さんからそのままいるように言《い》われた。

「どうして？」

「だって蒼月《あおつき》さんがいらっしゃるんだから、私立中《しりつちゅう》の制服《せいふく》の方《ほう》が見栄《みば》えがいいでしょ？」

「さっきから言《い》ってる蒼月《あおつき》さんって誰《だれ》？」

「あ、そういえば夏希《なつき》には言《い》ってなかったわね。蒼月《あおつき》さんっていうのはパパの会社《かいしゃ》の人《ひと》で――」

説明《せつめい》しようとするお母《かあ》さんの声《こえ》を遮《さえぎ》るようにして、チャイムの音《おと》が鳴《な》り響《ひび》いた。どうやらその蒼月《あおつき》さんとやらが来《き》たようだ。

「はーい」

パタパタとスリッパの音《おと》を響《ひび》かせながら、お母《かあ》さんは玄関《げんかん》へと向《む》かう。

一瞬《いっしゅん》、どうしようかと迷《まよ》って私《わたし》も後《うし》ろをついていった。一緒《いっしょ》に出迎《でむか》えたほうがいいかもしれないと思《おも》ったから。

「こんにちは、お久《ひさ》しぶりです。あ、こちら息子《むすこ》さん？　わ、すごく大《おお》きくなられましたね」

どうやら蒼月《あおつき》さんとやらは、息子《むすこ》さんを一緒《いっしょ》に連《つ》れてきたらしい。恐《おそ》る恐《おそ》るリビングのドアから顔《かお》を出《だ》すと、そこには——さっきの男《おとこ》の子《こ》がいた。

「え、なんで」

「あっ、お前《まえ》！」

向《む》こうも私《わたし》に気《き》づいたようで、驚《おどろ》いたような表情《ひょうじょう》を浮《う》かべたあと、嬉《うれ》しそうに笑《わら》った。

「よかった、また会《あ》えた」

「あら？　夏希《なつき》ってば夜斗《やと》君《くん》と知《し》り合《あ》いなの？」

「夜斗《やと》、君《くん》？」

「ええ、蒼月夜斗君《あおつきやとくん》。夏希《なつき》より一《ひと》つ年上《としうえ》の中学三年生《ちゅうがくさんねんせい》よ。夜斗君《やとくん》、この子《こ》は娘《むすめ》の夏希《なつき》です」

夜斗君《やとくん》は笑《え》みを浮《う》かべると、私《わたし》に手《て》を差《さ》し出《だ》した。

「蒼月夜斗《あおつきやと》です。さっきはありがとう。あまりの暑《あつ》さに倒《たお》れ込《こ》んでいたんだけど、君《きみ》のおかげで命拾《いのちびろ》いしたよ」

「そ、そんな。私《わたし》は何《なに》も……」

おずおずと手《て》を握《にぎ》り返《かえ》したものの、こんなふうに男《おとこ》の子《こ》と握手《あくしゅ》をすることなんてないからドキドキしちゃう。

「あら？　さっき夏希《なつき》が言《い》ってたのって夜《や》斗《と》君《くん》のことだったの？」

「そう、みたい」

私《わたし》もまだ状況《じょうきょう》が飲《の》み込《こ》めていない。なのに、お母《かあ》さんとそれから夜斗君《やとくん》のご両親《りょうしん》は何《なに》か楽《たの》しそうに話《はなし》をしている。

どうにも居心地《いごこち》が悪《わる》くて、視線《しせん》をさまよわせていると夜斗君《やとくん》がずっとこっちを見《み》ていることに気《き》づいた。

「えっと、もう身体《からだ》は大丈夫《だいじょうぶ》？」

「うん、夏希《なつき》のおかげだよ。本当《ほんとう》にありがとう」

当《あ》たり前《まえ》のように呼《よ》び捨《す》てにしてくる夜斗君《やとくん》にドキッとする。男子《だんし》に名前《なまえ》で呼《よ》ばれたのなんていつ以来《いらい》だろう。

「夏希《なつき》？」

「あ、ううん。なんでもない……です」

そういえば年上《としうえ》だった、と慌《あわ》てて敬語《けいご》にした私《わたし》を、夜斗君《やとくん》はおかしそうに笑《わら》う。

「敬語《けいご》じゃなくていいよ」

「でも」

「今日《きょう》から一緒《いっしょ》に住《す》むのに、敬語《けいご》なんて堅苦《かたくる》しいじゃん」

「そっか……って、待《ま》って。一緒《いっしょ》に住《す》むってどういうこと⁉」

思《おも》わず声《こえ》を荒《あら》らげた私《わたし》に、隣《となり》に立《た》つお母《かあ》さんが眉《まゆ》をひそめた。

「もう！　なに大《おお》きな声《こえ》を出《だ》してるの。お客様《きゃくさま》の前《まえ》よ！」

「だ、だって！　一緒《いっしょ》にって、嘘《うそ》でしょ⁉」

冗談《じょうだん》って言《い》って……！

こんなにカッコいい男《おとこ》の子《こ》と一緒《いっしょ》に住《す》むなんて無理《むり》だよ！

そう願《ねが》った私《わたし》の祈《いの》りを、夜斗君《やとくん》はとびっきりカッコいい笑顔《えがお》ではねのけた。

「ホントだよ。これからよろしくね」

「そ、そんなぁ……」

いきなりそんなこと言《い》われてもついていけないよ……。

それでもどうしても諦《あきら》め切《き》れなくて、躾《しつけ》がなってなくてすみません、と蒼月《あおつき》さんご夫婦《ふうふ》に謝《あやま》るお母《かあ》さんの腕《うで》を私《わたし》は引《ひ》っ張《ぱ》った。

「ねえ、お母《かあ》さん。一緒《いっしょ》に住《す》むってどういうこと？」

「蒼月《あおつき》さんたちね、お仕事《しごと》の都合《つごう》で海外《かいがい》に行《い》くことになったんだけど、ちょっと治安《ちあん》がよくない場所《ばしょ》で。夜斗君《やとくん》を連れていくかどうか悩《なや》んでいらしたから、それならうちで預《あず》かりますよって話《はなし》になったのよ」

「待《ま》って！　私《わたし》そんな話《はなし》、聞《き》いてない！」

「言《い》ってないんだから当《あ》たり前《まえ》でしょ。これは大人《おとな》同士《どうし》の約束事《やくそくごと》なの。子《こ》どものあなたに反対《はんたい》する権利《けんり》はありません。わかったら、二階《にかい》の、夏希《なつき》の隣《となり》の部屋《へや》、あそこに夜斗君《やとくん》を案内《あんない》してあげてくれる？」

どうやら夜斗君《やとくん》が一緒《いっしょ》に住《す》む件《けん》については大人《おとな》たちの間《あいだ》では決定事項《けっていじこう》のようで、夜斗君《やとくん》のお父《とう》さんからボストンバッグが夜斗君《やとくん》に手渡《てわた》された。

「じゃあ夏希《なつき》、お願《ねが》いできるかな」

「……こっちだよ」

夜斗君《やとくん》に言《い》われ、嫌《いや》だと言《い》うこともできず私《わたし》は階段《かいだん》を上《のぼ》り始《はじ》めた。

「ここが夜斗君《やとくん》の部屋《へや》だよ」

ドアを開《あ》けると、以前《いぜん》はなかったはずのベッドや勉強机《べんきょうづくえ》が置《お》かれていた。いつの間《ま》に運《はこ》び込《こ》んだのだろうと思《おも》っていると、荷物《にもつ》を置《お》いた夜斗君《やとくん》がベッドに腰掛《こしか》けながら口《くち》を開《ひら》いた。

「これ、俺《おれ》のなんだ。元《もと》の家《いえ》で使《つか》ってたやつ。一昨日《おととい》、こっちに運《はこ》んだんだ」

「そう、なんだ」

一昨日《おととい》といえば、美愛《みあ》と一緒《いっしょ》に映画《えいが》を観《み》に行《い》っていた。まさかそのとき、ベッドが運《はこ》び込《こ》まれていたなんて知《し》らなかった。

「……何《なに》？」

だから映画《えいが》に行《い》くことに対《たい》して、すんなりとオッケーしてくれたんだな、なんて考《かんが》えていると、夜斗君《やとくん》がジッと私《わたし》を見《み》ていることに気《き》づいた。

「ん？　夏希《なつき》は可愛《かわい》いなと思《おも》って」

「かっ……」

可愛《かわい》いなんて男《おとこ》の子《こ》から言《い》われ慣《な》れてないせいで、心臓《しんぞう》がうるさいぐらいに鳴《な》り響《ひび》く。

「な、なにを……」

きっとすぐに『冗談《じょうだん》だよ』って笑《わら》われるんだ。それで『信《しん》じちゃってバカだな』とか言《い》われて……。

「可愛《かわい》い。すごく可愛《かわい》い」

でも夜斗君《やとくん》は優《やさ》しく微笑《ほほえ》みながら手《て》を伸《の》ばすと、私《わたし》の頬《ほお》にそっと触《ふ》れた。

「さすが、俺《おれ》の花嫁《はなよめ》だ」

「……はな、よめ？」

って、まさか私《わたし》のこと……？

何《なに》を言《い》われたのかわからなくて、思《おも》わず聞《き》き返《かえ》す。けれど、夜斗君《やとくん》は当《あ》たり前《まえ》だというようにニッコリと笑《わら》いながら頷《うなず》いた。

「そう、俺《おれ》の花嫁《はなよめ》。同《おな》じぐらいの年《とし》の女子《じょし》がいる家《いえ》で居候《いそうろう》なんて気《き》が進《すす》まなかったけど、花《はな》嫁《よめ》がいるとなれば話《はなし》は別《べつ》だ。ずっと夏希《なつき》と一緒《いっしょ》にいられるんだ。海外《かいがい》に行《い》ってくれる両親《りょうしん》に感《かん》謝《しゃ》しなくちゃな」

ひとり納得《なっとく》をし、嬉《うれ》しそうな夜斗君《やとくん》。でも私《わたし》には夜斗君《やとくん》の言葉《ことば》が全《まった》く理解《りかい》できないままだった。

「待《ま》って、花嫁《はなよめ》ってどういうこと？」

「そのままの意味《いみ》だよ。お前《まえ》は俺《おれ》の花嫁《はなよめ》。だって、俺《おれ》の眼力《がんりき》が効《き》かなかったからな」

「眼力《がんりき》……？」

「そう。吸血鬼《ヴァンパイア》の眼力《がんりき》が効《き》かないのは、伴侶《はんりょ》の証《あか》し。夏希《なつき》、今日《きょう》からお前《まえ》は俺《おれ》の花嫁《はなよめ》だ」

そう言《い》って口《くち》を開《あ》けて笑《わら》った夜斗君《やとくん》の歯《は》は、まるで漫画《まんが》か映画《えいが》の中《なか》に出《で》てくる吸血鬼《ヴァンパイア》のように尖《とが》って見《み》えた。

ハッと目《め》を覚《さ》ますと、私《わたし》は自分《じぶん》の部屋《へや》のベッドにいた。制服《せいふく》のまま眠《ねむ》ってしまっていたようで、スカートが皺《しわ》になっている。

どうやら学校《がっこう》から帰《かえ》ってきて、そのまま寝《ね》てしまったようだ。と、いうことは。

「全部《ぜんぶ》、夢《ゆめ》、だよね」

夜斗君《やとくん》という男《おとこ》の子《こ》が一緒《いっしょ》に住《す》むことになったことも、吸血鬼《ヴァンパイア》を名乗《なの》る彼《かれ》の嫁《よめ》だと言《い》われたことも、どっちもきっと悪《わる》い夢《ゆめ》を見《み》ていたんだ。

ホッとした瞬間《しゅんかん》、お腹《なか》がぐうっと大《おお》きな音《おと》を立《た》てて鳴《な》った。

時計《とけい》を見《み》ると、もう夜《よる》の七時《しちじ》だ。晩《ばん》ご飯《はん》を食《た》べなきゃ、と自分《じぶん》の部屋《へや》のドアを開《あ》ける——と、そこには夢《ゆめ》の中《なか》で出会《であ》った彼《かれ》の姿《すがた》があった。

「大丈夫《だいじょうぶ》か？」

「な、なんで」

「俺《おれ》の話《はなし》を聞《き》いてフラフラしながら部屋《へや》に戻《もど》っちゃったから心配《しんぱい》してたんだ。でももう大丈夫《だいじょうぶ》そうだな」

そういえば夜斗君《やとくん》の話《はなし》を聞《き》いたあと、頭《あたま》が混乱《こんらん》してそのまま自分《じぶん》の部屋《へや》に帰《かえ》ったんだった。

どうやら私《わたし》は、そのままベッドで寝《ね》てしまっていたらしい。

夜斗君《やとくん》、ずっと心配《しんぱい》してくれてたんだ……。

夜斗君《やとくん》は私《わたし》に一歩《いっぽ》近《ちか》づくと、至近距離《しきんきょり》から見《み》つめてくる。吐息《といき》がかかりそうな距離《きょり》に、思《おも》わず息《いき》を止《と》める。心臓《しんぞう》はうるさいほどの音《おと》を立《た》てていた。

「や、とく……」

「どうした？　顔《かお》が真《ま》っ赤《か》だぞ？」

私《わたし》の反応《はんのう》に、夜斗君《やとくん》は嬉《うれ》しそうに笑《わら》うと、何《なに》かを思《おも》いついたようにニヤッと口角《こうかく》を上《あ》げた。

「ああ、もしかしたら熱《ねつ》があるのかもしれないな」

「え……」

そう言《い》ったが早《はや》いか、夜斗君《やとくん》は右手《みぎて》で私《わたし》の額《ひたい》にかかっていた前髪《まえがみ》を上《あ》げると、自分《じぶん》の額《ひたい》をくっつけた。

待《ま》って、待《ま》って、待《ま》って！

夜斗君《やとくん》の額《ひたい》が私《わたし》の額《ひたい》にくっついて、顔《かお》がどんどん熱《あつ》くなる。

「や、あ、あの」

「熱《ねつ》はないみたいだな」

額《ひたい》を離《はな》しながらクスクスと笑《わら》う。その表情《ひょうじょう》にからかわれたことに気《き》づいた。

「わかっててやったでしょ！」

「ん？　そんなことない。大事《だいじ》な花嫁《はなよめ》が風邪《かぜ》でも引《ひ》いたらと思《おも》うと心配《しんぱい》だからな。ああ、でももし風邪《かぜ》を引《ひ》いたときは俺《おれ》がつきっきりで看病《かんびょう》してやるから安心《あんしん》しろ」

「全然安心《ぜんぜんあんしん》できない！　そもそも吸血鬼《ヴァンパイア》ってどういうこと？　そんなのいるわけが……」

「いるぞ？」

ニッと笑《わら》った口元《くちもと》から、ニュッと伸《の》びた犬歯《けんし》が見《み》えた。どう見《み》ても普通《ふつう》の人《ひと》より長《なが》くて、先《さき》が尖《とが》っている犬歯《けんし》にビックリしてしまう。

もしかして、あれで血《ち》を吸《す》うの……？

でも、それが吸血鬼《ヴァンパイア》の証《あかし》なのだと言《い》われたら、否定《ひてい》することは難《むずか》しかった。

「じゃ、じゃあ血《ち》とか、吸《す》うの？」

「俺《おれ》はまだ吸《す》わない」

「まだ？」

「と、いうか映画《えいが》とかで出《で》てくるみたいに誰彼構《だれかれかま》わず血《ち》を吸《す》う吸血鬼《ヴァンパイア》なんて今《いま》はもうほとんどいない。大多数《だいたすう》の吸血鬼《ヴァンパイア》は生涯《しょうがい》にひとりだけ、伴侶《はんりょ》となる人《ひと》の血《ち》を吸《す》う。俺《おれ》なら夏希《なつき》、お前《まえ》だ」

まっすぐに見《み》つめられ、反射的《はんしゃてき》に首筋《くびすじ》を隠《かく》すように手《て》を当《あ》てる。そんな私《わたし》の反応《はんのう》を見《み》て、夜《や》斗君《とくん》は楽《たの》しそうに笑《わら》う。

「大丈夫《だいじょうぶ》だよ、まだ吸《す》わない。正《ただ》しくは吸《す》っても意味《いみ》がない、だな」

そう言《い》って夜斗君《やとくん》は目《め》を細《ほそ》める。紫色《むらさきいろ》の瞳《ひとみ》がどこか揺《ゆ》らいで見《み》えた。

その目《め》に見《み》つめられると、ドキドキしてうまく言葉《ことば》が出《で》てこない。

「どういう……」

「血《ち》を吸《す》うのは、大人《おとな》になったとき。俺《おれ》の初《はじ》めての吸血《きゅうけつ》をお前《まえ》に捧《ささ》げる。そうすればお前《まえ》は正《せい》式《しき》に俺《おれ》の花嫁《はなよめ》となり、俺《おれ》は今《いま》よりもっと強《つよ》い力《ちから》を手《て》に入《い》れることができる」

「強《つよ》い力《ちから》って……」

夜斗君《やとくん》の言葉《ことば》を必死《ひっし》に理解《りかい》しようとするけれど、あまりにもファンタジーの世界《せかい》の話《はなし》にしか思《おも》えなくて頭《あたま》がついていかない。

そんな私《わたし》に夜斗君《やとくん》は笑《わら》って肩《かた》をすくめた。

「今《いま》の俺《おれ》は太陽《たいよう》の光《ひかり》が苦手《にがて》なだけで、普通《ふつう》の人間《にんげん》と変《か》わらないんだ。ほとんどな」

「そう、なんだ」

ほとんどというのが気《き》にはなるけれど、基本的《きほんてき》に普通《ふつう》の人《ひと》と変《か》わらないのであれば私《わたし》としては少《すこ》し安心《あんしん》なのかもしれない。

一《ひと》つ年上《としうえ》の男《おとこ》の子《こ》と一緒《いっしょ》に住《す》むってだけでも一大事《いちだいじ》なのに、さらに血《ち》まで吸《す》われるとなったら安心《あんしん》して生活《せいかつ》することもできない。

「ちなみに夜斗君《やとくん》が吸血鬼《ヴァンパイア》だってこと、お母《かあ》さんたちって」

「知《し》ってるわけないだろ。夏希《なつき》も言《い》うなよ。まあ言《い》ったところで信《しん》じてなんてもらえないと思《おも》うけどな」

それはたしかにそうだろう。普通《ふつう》に考《かんが》えて、吸血鬼《ヴァンパイア》が実際《じっさい》にこの世《よ》にいるなんて思《おも》うわけがないのだから。だって吸血鬼《ヴァンパイア》なんて、そんな。

「私《わたし》だって信《しん》じられないって顔《かお》をしてるな」

「それ、は」

「まあ追《お》い追《お》い信《しん》じさせてやるよ。それより」

夜斗君《やとくん》は階段《かいだん》を指差《ゆびさ》した。

「おばさんが晩《ばん》ご飯《はん》って呼《よ》んでたぞ」

「あ、ホントだ。もうご飯《はん》の時間《じかん》だ！」

慌《あわ》てて階段《かいだん》を下《お》りようとした私《わたし》は、夜斗君《やとくん》を振《ふ》り返《かえ》った。

「何《なに》してるの？」

「ん？？」

「夜斗君《やとくん》も行《い》こうよ」

私《わたし》の言葉《ことば》にキョトンとした表情《ひょうじょう》を浮《う》かべたあと、夜斗君《やとくん》はふっと柔《やわ》らかく笑《わら》って呟《つぶや》いた。

「夏希《なつき》は優《やさ》しいな」

「何《なに》か言《い》った？」

「何《なん》でもない。それじゃ行《い》くか」

後《うし》ろから夜斗君《やとくん》がついてくるのを確認《かくにん》して、私《わたし》は階段《かいだん》を下《お》りた。

翌日《よくじつ》、私《わたし》は学校《がっこう》に行《い》く準備《じゅんび》をしながら、昨日《きのう》のことを思《おも》い返《かえ》していた。

あれはいったいなんだったんだろう。

昨日《きのう》のことを思《おも》い出《だ》すと心臓《しんぞう》がドキドキとうるさく鳴《な》り響《ひび》く。

倒《たお》れているカッコいい男《おとこ》の子《こ》を助《たす》けたら、その子《こ》と一緒《いっしょ》に住《す》むようになって、しかも。

私《わたし》が夜斗君《やとくん》の花嫁《はなよめ》……。

もう何《なに》が何《なん》だかわかんない。でも、本当《ほんとう》に吸血鬼《ヴァンパイア》なんだとしたら……。

「って、グズグズしてたらもうこんな時間《じかん》。急《いそ》がなくちゃ」

慌《あわ》てて制服《せいふく》のリボンを結《むす》ぶと、カバンを持《も》って部屋《へや》を出《で》た。

リビングのドア越《ご》しに夜斗君《やとくん》とお母《かあ》さんが何《なに》かを話《はな》している声《こえ》が聞《き》こえてくる。

「いってきます！」

私《わたし》はリビングのドアを開《あ》けることなく、声《こえ》をかけて家《いえ》を出《で》た。

自宅《じたく》から学校《がっこう》までは歩《ある》いて三十分《さんじゅっぷん》。今《いま》からなら少《すこ》し早足《はやあし》で歩《ある》けば、いつもの時間《じかん》に教室《きょうしつ》に着《つ》けるはずだ。

人《ひと》が少《すく》なすぎることも、遅刻《ちこく》ギリギリで悪目立《わるめだ》ちすることもない、一番人混《いちばんひとご》みに紛《まぎ》れて席《せき》に着《つ》ける時間《じかん》に。

春《はる》は桜並木《さくらなみき》が綺麗《きれい》だった道《みち》を、ひとり静《しず》かに歩《ある》こうとした。けれど。

「あれ？　夏希《なつき》じゃん」

「涼真君《りょうまくん》？」

聞《き》き覚《おぼ》えのある声《こえ》に振《ふ》り返《かえ》ると、そこには幼馴染《おさなな》みである黒崎涼真君《くろさきりょうまくん》の姿《すがた》があった。

赤《あか》ちゃんの頃《ころ》から一緒《いっしょ》にいた涼真君《りょうまくん》は、私《わたし》と同《おな》じ中学《ちゅうがく》の制服《せいふく》を身《み》に纏《まと》っていた。

「なんかこうやって朝会《あさあ》うの、久《ひさ》しぶりな気《き》がするな」

「そうだね。涼真君《りょうまくん》、朝練《あされん》でいつも早《はや》いから」

私《わたし》の隣《となり》に並《なら》ぶと、いつの間《ま》にかすっかり大《おお》きくなって少《すこ》しだけ見上《みあ》げなければいけなくなっていることに驚《おどろ》いた。

「どうした？」

ジッと見《み》ている私《わたし》の視線《しせん》に気《き》づいたのか、涼真君《りょうまくん》は不思議《ふしぎ》そうに尋《たず》ねる。その仕草《しぐさ》が昔《むかし》と変《か》わらなくて、身長《しんちょう》が伸《の》びても涼真君《りょうまくん》は涼真君《りょうまくん》だと思《おも》うと嬉《うれ》しくなった。

「ううん、身長伸《しんちょうの》びたなってビックリしちゃって」

「だろ⁉」

私《わたし》の言葉《ことば》に、涼真君《りょうまくん》は目《め》を輝《かがや》かせた。

「俺《おれ》さ、春休《はるやす》み中《ちゅう》に一気《いっき》に身長伸《しんちょうの》びたんだよ。もうすぐ夏希《なつき》のことを見下《みお》ろせるぜ」

「その頃《ころ》には私《わたし》ももうちょっと伸《の》びてるよ！」

「でも小学校《しょうがっこう》の頃《ころ》からたいして変《か》わってない気《き》がするけど」

「もう！」

不服《ふふく》そうに口《くち》をとがらせてみせると、涼真君《りょうまくん》はおかしそうに笑《わら》った。

「怒《おこ》るなって。あ、そしたら、またな！」

けれど涼真君《りょうまくん》は私《わたし》のことなんて気《き》にすることもなく、少《すこ》し先《さき》を歩《ある》いている友人《ゆうじん》の元《もと》へと走《はし》って向《む》かった。残《のこ》された私《わたし》は、再《ふたた》びゆっくりと歩《ある》き始《はじ》める――けれど。

「おい、どうして置《お》いていくんだ？」

「え？」

再《ふたた》び後《うし》ろから呼《よ》び止《と》められた声《こえ》に振《ふ》り返《かえ》った。この声《こえ》は。

「夜斗《やと》く……ん？」

わ、カッコいい……。

振《ふ》り返《かえ》った私《わたし》は、夜斗君《やとくん》の姿《すがた》を見《み》て思《おも》わず口《くち》を開《あ》けたまま立《た》ち止《ど》まってしまった。

「なんだ、その疑問形《ぎもんけい》は」

形《かたち》のいい眉《まゆ》をひそめると夜斗君《やとくん》は言《い》う。別《べつ》に夜斗君《やとくん》がそこにいることに驚《おどろ》いたわけではない。

昨日《きのう》あげた日傘《ひがさ》を差《さ》していることも別《べつ》に気《き》にならない。問題《もんだい》は夜斗君《やとくん》の着《き》ている服《ふく》だ。

見慣《みな》れたはずの真《ま》っ白《しろ》なブレザーとスラックスを着《き》た夜斗君《やとくん》の姿《すがた》はあまりにもカッコよくて、思《おも》わず見《み》とれてしまう。

って、ううん。そうじゃなくって！

「どうして、うちの制服《せいふく》を……？」

「どうしてって、俺《おれ》もお前《まえ》と同《おな》じ学校《がっこう》に通《かよ》うからだ」

「な、なんで」

「どうせ転校《てんこう》するなら引越先《ひっこしさき》の近《ちか》くがいいと思《おも》ってあの私立中《しりつちゅう》に編入《へんにゅう》したんだが、夏希《なつき》と一緒《いっしょ》とはラッキーだ」

「ラッキーって……」

私《わたし》は頭《あたま》が痛《いた》くなって、思《おも》わずその場《ば》にしゃがみ込《こ》んだ。

「夏希《なつき》？　どうかしたのか？」

心配《しんぱい》そうに私《わたし》の名前《なまえ》を呼《よ》ぶ夜斗君《やとくん》に、目線《めせん》だけ向《む》ける。

夜斗君《やとくん》はカッコいい。うちの中学《ちゅうがく》の真《ま》っ白《しろ》なブレザーもよく似合《にあ》っている。きっと転校初日《てんこうしょにち》からすごくモテると思《おも》う。だって中等部《ちゅうとうぶ》でカッコいいって騒《さわ》がれている三年《さんねん》の先輩《せんぱい》よりもすごくカッコいいから。

でも、だからこそ困《こま》る。そんな夜斗君《やとくん》と同《おな》じ家《いえ》に住《す》んでいて、しかも『俺《おれ》の花嫁《はなよめ》』なんてことを学校《がっこう》で言《い》われてしまえば、普通《ふつう》に平凡《へいぼん》な中学生活《ちゅうがくせいかつ》を送《おく》りたいと思《おも》っていた私《わたし》の希望《きぼう》とは真《ま》逆《ぎゃく》の方向《ほうこう》に行《い》ってしまうであろうことは想像《そうぞう》に難《かた》くない。

ヒソヒソと噂《うわさ》されたりクラスで仲間《なかま》はずれにされる、なんてことはもうこりごりだ。

「ねえ、夜斗君《やとくん》。学校《がっこう》では他人《たにん》のフリをしてほしいんだけど、どうかな……？　できれば一緒《いっしょ》に住《す》んでいることも秘密《ひみつ》で……」

顔《かお》を上《あ》げ夜斗君《やとくん》を見《み》つめると、私《わたし》はダメ元《もと》で頼《たの》んでみた。けれど。

「やだ」

「なんで」

「そんなことしたら、夏希《なつき》に変《へん》な虫《むし》が寄《よ》ってくるかもしれないからな。それに俺《おれ》は独占欲《どくせんよく》が強《つよ》いんだ。できることなら片時《かたとき》も離《はな》れずそばにいたいぐらいだ」

想像《そうぞう》していたよりも、夜斗君《やとくん》の答《こた》えはさらに上《うえ》をいっていた。

「そっか……」

気《き》は重《おも》いし胃《い》は痛《いた》い。けれど、学校《がっこう》は待《ま》っていてくれない。時計《とけい》を見《み》るとあと三分《さんぷん》でチャイムが鳴《な》る。それまでには教室《きょうしつ》に行《い》かなければ。

立《た》ち上《あ》がると、私《わたし》は再《ふたた》び早足《はやあし》で歩《ある》き出《だ》した。隣《となり》をニコニコと笑顔《えがお》を浮《う》かべながら歩《ある》く夜斗君《やとくん》とともに。


「それじゃあ、三年生《さんねんせい》の教室《きょうしつ》は三階《さんかい》だから」

階段《かいだん》を上《のぼ》り切《き》ると、私《わたし》は二階《にかい》の自分《じぶん》の教室《きょうしつ》に、夜斗君《やとくん》はもう一《ひと》つ階段《かいだん》を上《のぼ》った先《さき》にある三年《さんねん》の教室《きょうしつ》へと向《む》かう。

職員室《しょくいんしつ》に行《い》かなくていいのかと確認《かくにん》したけれど、教室《きょうしつ》の前《まえ》で待《ま》っていてくれるらしい。

階段《かいだん》を上《あ》がっていく夜斗君《やとくん》を見送《みおく》ると、私《わたし》はひとり自分《じぶん》のクラスへと向《む》かった。

「あ、夏希《なつき》！　おはよー！」

教室《きょうしつ》に入《はい》ると、私《わたし》の姿《すがた》を見《み》つけた美愛《みあ》が手《て》を振《ふ》りながら声《こえ》をかけてくれる。私《わたし》も手《て》を振《ふ》り返《かえ》しながら美愛《みあ》の元《もと》へと向《む》かおうとすると、美愛《みあ》は目《め》を見開《みひら》き驚《おどろ》いたような表情《ひょうじょう》を浮《う》かべる。

「美愛《みあ》？　どうかした？」

「ど、どうかって、う、うしろ」

「後《うし》ろ？」

何《なに》かあったのだろうか。そう思《おも》って振《ふ》り返《かえ》った私《わたし》の目《め》に映《うつ》ったのは、ひらひらと手《て》を振《ふ》る夜《や》斗《と》君《くん》の姿《すがた》だった。

「ど、どうして。三階《さんかい》に向《む》かったんじゃないの？」

「向《む》かったけど。三階《さんかい》には夏希《なつき》がいないから」

「いないからったって、私《わたし》は二年《にねん》だからこっちの教室《きょうしつ》にいるよ」

「うん、わかってる。だから俺《おれ》がこっちに来《き》たんだ」

「え？」

夜《や》斗《と》君《くん》はニヤリと笑《わら》うと、私《わたし》の肩越《かたご》しに美愛《みあ》に声《こえ》をかけた。

「ねえ」

「え、ええ？　なんですか？」

夜《や》斗《と》君《くん》のカッコよさに視線《しせん》を奪《うば》われていた美愛《みあ》は、突然声《とつぜんこえ》をかけられたことにドキドキしているようで顔《かお》を赤《あか》くしていた。

「俺《おれ》さ、ここにいたいんだけどどう思《おも》う？」

「え、どうって……」

困《こま》ったように口《くち》ごもった美愛《みあ》の目《め》をジッと見《み》つめながら、夜《や》斗《と》君《くん》はもう一度《いちど》言《い》った。

「俺《おれ》、ここにいてもいいかな？」

「はい！　もちろんです！」

「え、えええ⁉　美愛《みあ》⁉　どうしちゃったの⁉」

「どうもしてないよー？　でもいたいって言《い》ってるんだから、いてもらったほうがいいでしょ？」

「どう考《かんが》えてもよくないよ……って、美愛《みあ》？」

もう一度《いちど》、美愛《みあ》に視線《しせん》を向《む》ける。いつもぱっちりとしてる美愛《みあ》の目《め》が、今日《きょう》は半開《はんびら》きで焦点《しょうてん》が定《さだ》まらない感《かん》じだった。これはいったい……。

「……ねえ、夜斗君《やとくん》」

「ん？」

すぐ後《うし》ろを振《ふ》り返《かえ》ると、冷《つめ》たい表情《ひょうじょう》を浮《う》かべたまま笑《わら》う夜斗君《やとくん》の姿《すがた》があった。

怖《こわ》い……。

人《ひと》とは違《ちが》う生《い》き物《もの》が、たとえば動物《どうぶつ》が獲物《えもの》を狙《ねら》うような目《め》を夜斗君《やとくん》はしていた。

どうしてそんな顔《かお》をしているのかがわからなくて、思《おも》わず声《こえ》が震《ふる》えた。

「美愛《みあ》に、何《なに》かした……？」

すると、一瞬《いっしゅん》の間《ま》のあと夜斗君《やとくん》は得意《とくい》げに笑《わら》った。

「これが俺《おれ》に使《つか》えるもう一《ひと》つの能力《のうりょく》、眼力《がんりき》だよ。俺《おれ》に見《み》つめられて言《い》うことを聞《き》かないのは、夏希《なつき》。お前《まえ》だけだ」

「え……？」

私《わたし》には効《き》かないってどういう意味《いみ》……？

それに、吸血鬼《ヴァンパイア》の能力《のうりょく》って……。

もっと話《はなし》を聞《き》きたかったけれど、楽《たの》しそうに話《はな》し続《つづ》ける夜斗君《やとくん》に、それ以上私《いじょうわたし》は何《なに》も言《い》えなかった。

「あとはここのクラスと俺《おれ》のクラスの担任《たんにん》がオッケー出《だ》せば大丈夫《だいじょうぶ》だろ」

「大丈夫《だいじょうぶ》じゃないよ！」

そんなことしたら混乱《こんらん》が起《お》きてしまう。それに。

「無理《むり》やり言《い》うことを聞《き》かせるなんて間違《まちが》ってる」

私《わたし》の言葉《ことば》に、夜斗君《やとくん》は――驚《おどろ》いたような表情《ひょうじょう》を浮《う》かべたあと舌打《したう》ちをする。

「別《べつ》に他人《たにん》のことなんてどうだっていいだろ。人《ひと》の気持《きも》ちなんて、眼力《がんりき》ひとつでいくらでも変《か》えられるんだから」

「眼力《がんりき》で言《い》うことを聞《き》かせちゃダメだよ。どうしても誰《だれ》かの気持《きも》ちを変《か》えたいのなら、まっすぐに自分《じぶん》の気持《きも》ちを伝《つた》えなきゃ！」

どうしてこんなにムキになっているのか自分《じぶん》でもよくわからない。学校《がっこう》で、それも人通《ひとどお》りの多《おお》い廊下《ろうか》で喋《しゃべ》り続《つづ》けるなんて目立《めだ》つこと、普段《ふだん》の私《わたし》なら絶対《ぜったい》にしない。

しかも夜斗君《やとくん》は今日《きょう》が転入初日《てんにゅうしょにち》なのでただでさえ目立《めだ》つ。こんなにカッコよかったら、いろんな女《おんな》の子《こ》が気《き》にするはずだ。

ふと冷静《れいせい》になって、思《おも》わず顔《かお》を伏《ふ》せてしまう。廊下《ろうか》と、自分《じぶん》の上靴《うわぐつ》だけが見《み》えた。

自分《じぶん》の意見《いけん》の押《お》しつけなのかもしれないと不安《ふあん》に思《おも》う。

でも私《わたし》はどうしても、望《のぞ》まないのに人の気持《きも》ちを変《か》えるような、そんなひどいことを夜斗君《やとくん》がするのを受《う》け入《い》れられなかった。

「はあ……。わかったよ」

だから夜斗君《やとくん》がそう言《い》ったときはホッとして思《おも》わず顔《かお》を上《あ》げた。そこには頭《あたま》をかきながら、肩《かた》をすくめる夜斗君《やとくん》の姿《すがた》があった。

「ったく、しょうがねえから俺《おれ》の花嫁《はなよめ》さんの言《い》うことを聞《き》いておくか」

「だから花嫁《はなよめ》じゃないって」

そう言《い》った瞬間《しゅんかん》、私《わたし》の背後《はいご》でドサドサと何《なに》かが落《お》ちる音《おと》が聞《き》こえた。慌《あわ》てて振《ふ》り返《かえ》るとそこには――涼真君《りょうまくん》の姿《すがた》があった。

「夏希《なつき》……？　今《いま》、花嫁《はなよめ》って……嘘《うそ》、だよな？」

「りょ、涼真君《りょうまくん》。どうして……」

「職員室《しょくいんしつ》に行《い》ってたんだよ。担任に呼ばれて。それで……」

涼真君《りょうまくん》は呆然《ぼうぜん》とした顔《かお》で私《わたし》と、それから夜斗君《やとくん》を交互《こうご》に見《み》る。そして。

「花嫁《はなよめ》ってことはこいつと付《つ》き合《あ》ってんのか？」

「ち、ちが」

否定《ひてい》しようとする私《わたし》の口《くち》を、夜斗君《やとくん》の手《て》がふさいだ。

「こいつは俺《おれ》のものだ」

「なっ……」

夜斗君《やとくん》の言葉《ことば》に絶句《ぜっく》したのは私《わたし》だけではなかった。

わなわなと震《ふる》えながら、涼真君《りょうまくん》は夜斗君《やとくん》を睨《にら》みつけた。

「夏希《なつき》が普通《ふつう》の学校生活《がっこうせいかつ》を送《おく》りたいって言《い》うからそっとしてたんだ！」

「りょ、涼真君《りょうまくん》？　なんの話《はなし》？」

「俺《おれ》、こんなやつになんかに夏希《なつき》のことを渡《わた》さないからな。……だいたい、俺《おれ》の方《ほう》が先《さき》に夏希《なつき》と結婚《けっこん》する約束《やくそく》してたんだから」

チャイムが鳴《な》りはじめ、最後《さいご》の方《ほう》の言葉《ことば》はうまく聞《き》き取《と》れなかった。

聞《き》き返《かえ》そうとするよりも早《はや》く、涼真君《りょうまくん》は教室《きょうしつ》に入《はい》ろうとしていたのをやめ——私《わたし》を振《ふ》り返《かえ》った。

ツカツカとこちらに向《む》かって歩《ある》いてくると、私《わたし》の腕《うで》を掴《つか》む。

「授業《じゅぎょう》が始《はじ》まるから、こいつは返《かえ》してもらうから」

「おい！」

夜斗君《やとくん》が苛立《いらだ》ったような声《こえ》を出《だ》したのがわかった。

「や、夜斗君《やとくん》。とりあえず教室《きょうしつ》に入《はい》るね。またあとで！」

「約束《やくそく》だからな。また来《く》るから」

その言葉《ことば》が聞《き》こえ終《お》わるよりも早《はや》く、涼真君《りょうまくん》は教室《きょうしつ》のドアをピシャリと閉《し》めた。

私《わたし》は鳴《な》り響《ひび》くチャイムの向《む》こうで、静《しず》かな中学生活《ちゅうがくせいかつ》が崩《くず》れていく音《おと》が聞《き》こえた気《き》がした。

第《だい》二章《しょう》　吸血鬼《ヴァンパイア》なカレはモテモテ!?

夜斗君《やとくん》と私《わたし》が知《し》り合《あ》いだという話《はなし》は、あっという間《ま》に学校中《がっこうじゅう》に広《ひろ》まってしまった。それぐらい転校生《てんこうせい》の夜斗君《やとくん》は目立《めだ》っていた。

「ねえねえ、三年《さんねん》に来《き》た転校生《てんこうせい》見《み》た!?」

「当《あ》たり前《まえ》じゃん！　私《わたし》、昨日《きのう》の朝《あさ》『おはよう』って挨拶《あいさつ》しちゃったんだから」

「私《わたし》なんてバイバイって言《い》ったら視線《しせん》もらっちゃった！」

三年生《さんねんせい》だけじゃなく、一年生《いちねんせい》や二年生《にねんせい》の間《あいだ》でも話題《わだい》になっているみたいで休《やす》み時間《じかん》になると三年《さんねん》の教室《きょうしつ》、ではなくて二年生《にねんせい》の教室《きょうしつ》にまで女子《じょし》が集《あつ》まってきていた。

もちろん夜斗君《やとくん》を見《み》に、だ。

「夏希《なつき》、このあとの授業《じゅぎょう》なんてサボって俺《おれ》と出《で》かけないか？」

「夜斗君《やとくん》……。あの、ここでそういう話《はなし》はやめてほしい……」

「どうしてだ？」

「だって、えっと」

みんなが私《わたし》と話《はな》す夜斗君《やとくん》を見《み》つめている。

このままじゃ私《わたし》まで目立《めだ》っちゃう……！

「や、夜斗君《やとくん》。ちょっとこっち来《き》て！」

「お、おい」

私《わたし》は夜斗君《やとくん》の腕《うで》を掴《つか》むと、教室《きょうしつ》を出《で》て人《ひと》のいない廊下《ろうか》の隅《すみ》っこへと向《む》かった。

「ここなら大丈夫《だいじょうぶ》、かな」

夜斗君《やとくん》は嬉《うれ》しそうに言《い》うけど、そうじゃない！

「ふたりきりになりたかったならそう言《い》えばいいのに」

「このままふたりでどこかに行《い》くか？」

「夜斗君《やとくん》……。授業《じゅぎょう》はサボっちゃ駄目《だめ》だよ」

「お前《まえ》は真面目《まじめ》だな。でもそんなところも可愛《かわい》いんだけどな」

甘《あま》い言葉《ことば》にキャーッという悲鳴《ひめい》をあげるのは私《わたし》ではなくて、少《すこ》し離《はな》れたところから夜斗君《やとくん》のことを見《み》ていた女子《じょし》たちだった。

休《やす》み時間《じかん》になるたびに、夜斗君《やとくん》は私《わたし》の教室《きょうしつ》にやってくる。次《つぎ》の時間《じかん》が移動教室《いどうきょうしつ》だろうと、体育《たいいく》の授業《じゅぎょう》だろうと顔《かお》を出《だ》さない時間《じかん》はない。

おかげで夜斗君《やとくん》ファンの子《こ》たちも一緒《いっしょ》についてきてしまうし、夜斗君《やとくん》にとって私《わたし》が『特別《とくべつ》な女《おんな》の子《こ》』なのでは、という噂《うわさ》が広《ひろ》がるのも仕方《しかた》がない、のかもしれない。

「や、夜斗君《やとくん》」

おずおずと夜斗君《やとくん》の後《うし》ろから、女《おんな》の子《こ》が声《こえ》をかけた。リボンの色《いろ》が赤色《あかいろ》だから、三年生《さんねんせい》の先《せん》輩《ぱい》だとわかった。

「……なに。俺《おれ》、今忙《いまいそが》しいんだけど」

素《そ》っ気《け》なくを通《とお》り越《こ》して、冷《つめ》たく言《い》い放《はな》つ。そんな態度《たいど》をとられたら、私《わたし》なら胃《い》がキュッとなってしまうと思《おも》う。でも先輩《せんぱい》はなぜか頰《ほお》を赤《あか》らめている。

「あ、あのね。次《つぎ》、理科室《りかしつ》に行《い》かなきゃだから、そろそろ……」

その言葉《ことば》に時計《とけい》を見《み》ると、たしかに今《いま》から移動《いどう》しなければ授業《じゅぎょう》に遅刻《ちこく》しちゃう。

「俺《おれ》は別《べつ》にいいんだけど」

そう言《い》いながら、夜斗君《やとくん》はチラッと私《わたし》に視線《しせん》を向《む》けた。

「ダメだよ」

「って、夏希《なつき》は言《い》うもんな」

肩《かた》をすくめると「しょうがねえな」と夜斗君《やとくん》は笑《わら》った。

「夏希《なつき》に嫌《きら》われたくないから、そろそろ行《い》くかな」

「なっ……」

そんなことを言《い》わないでほしい。夜斗君《やとくん》の言葉《ことば》を受《う》けて、周《まわ》りの女子《じょし》たちが一斉《いっせい》に私《わたし》を睨《にら》みつけたのがわかった。

「じゃあまたな」

ヒラヒラと手《て》を振《ふ》り、夜斗君《やとくん》は教室《きょうしつ》を出《で》ていった。それを追《お》いかけるようにして、女子《じょし》たちの波《なみ》が動《うご》いていく。

「はぁ……」

重《おも》いため息《いき》をついた私《わたし》に、気《き》の毒《どく》そうな声《こえ》が聞《き》こえた。

「お疲《つか》れさま。大変《たいへん》だったね」

「美愛《みあ》……。そう思《おも》うなら助《たす》けてよ……」

「え、いやだ。私《わたし》、あいつのこと嫌《きら》いだもん」

素《そ》っ気《け》なく言《い》われてガックリとうなだれてしまう。

初《はじ》めて会《あ》ったときに眼力《がんりき》をかけられて、夜斗君《やとくん》のかっこよさにドキドキしていたはずの美愛《みあ》だったけれど、今《いま》はどうしてか夜斗君《やとくん》のことを毛嫌《けぎら》いしていた。

本当《ほんとう》は一緒《いっしょ》に住《す》んでいることを相談《そうだん》したいんだけど、こんなに毛嫌《けぎら》いされているのを見《み》るとためらってしまう。

「ホントに付《つ》き合《あ》ってないんだよね？」

「付《つ》き合《あ》ってないよ。お父《とう》さんの知《し》り合《あ》いの息子《むすこ》さんで、お世話《せわ》をしてあげてほしいって頼《たの》まれてるだけ」

全部《ぜんぶ》が嘘《うそ》じゃないけれど、本当《ほんとう》のことばかりでもない。それがどこか後《うし》ろめたくてつい早口《はやくち》になってしまう。

変《へん》に思《おも》われなかったか心配《しんぱい》になって美愛《みあ》を見《み》ると、苦笑《にがわら》いを浮《う》かべていた。

「ふーん。まあ、親《おや》には苦労《くろう》させられるよね」

両親《りょうしん》が離婚《りこん》していてお父《とう》さんとふたりで暮《く》らしている美愛《みあ》の言葉《ことば》には、重《おも》さがあった。なんと返《かえ》していいか言葉《ことば》に悩《なや》んでいると、美愛《みあ》は教室《きょうしつ》を見回《みまわ》して言《い》った。

「それにしても、夏希《なつき》の夜斗君《やとくん》はあっという間《ま》にこの学校《がっこう》の王子様《おうじさま》みたいになっちゃったね」

転校《てんこう》してきてまだ三日《みっか》。もう、この学校《がっこう》で夜斗君《やとくん》のことを知《し》らない人《ひと》はきっといない。

運動神経抜群《うんどうしんけいばつぐん》で、勉強《べんきょう》もできる。私以外《わたしいがい》の女《おんな》の子《こ》には素《そ》っ気《け》ないはずなのに、そこがクールでカッコいいのだとみんなは言《い》う。

まだ子《こ》どもっぽさの残《のこ》る男子《だんし》たちの中《なか》で、夜斗君《やとくん》は落《お》ち着《つ》いていて素敵《すてき》なイケメン転校生《てんこうせい》という特別《とくべつ》な存在《そんざい》となっていた。

帰《かえ》りの会《かい》が終《お》わり、私《わたし》は急《いそ》いで帰《かえ》る準備《じゅんび》をしていた。昨日《きのう》と一昨日《おととい》は三年生《さんねんせい》は七時間目《ななじかんめ》があった。でも、今日《きょう》は違《ちが》う。全学年《ぜんがくねん》が六時間目《ろくじかんめ》までで終《お》わる今日《きょう》は、夜斗君《やとくん》と帰《かえ》りの時間《じかん》が同《おな》じになってしまう。

あれだけ休《やす》み時間《じかん》に会《あ》いに来《き》てくれているのだから、今《いま》さら一緒《いっしょ》に帰《かえ》ったところで何《なに》が変《か》わるわけでもないのはわかっている。

でも、これ以上周《いじょうまわ》りから何《なに》か言《い》われるような目立《めだ》つことを増《ふ》やすのは避《さ》けたかった。

リュックを背負《せお》って教室《きょうしつ》を出《で》ようとした私《わたし》は、ちょうどドアの前《まえ》に立《た》っていた誰《だれ》かに思《おも》いっきりぶつかってしまった。

「ご、ごめんなさ……」

「熱烈《ねつれつ》な歓迎《かんげい》だな」

「きゃっ」

ぶつかってしまった相手《あいて》は、突然私《とつぜんわたし》のことを抱《だ》きしめた。誰《だれ》、なんて考《かんが》えなくてもわかる。

だって、この声《こえ》は――。

「夜斗君《やとくん》!? ま、待《ま》って。離《はな》して……!」

「せっかく夏希《なつき》から飛《と》び込《こ》んできてくれたんだ。もう少《すこ》しこうしていたっていいじゃん」

「学校《がっこう》! みんな見《み》てるから!」

「じゃあ、見《み》てなかったらいいってことだな?」

耳元《みみもと》で囁《ささや》くように言《い》われたせいで、夜斗君《やとくん》の吐息《といき》がかかってゾクッとする。

「そ、そういうことじゃなくて……」

「夏希《なつき》は照《て》れ屋《や》だな。そういうところも可愛《かわい》いんだけど」

そう囁《ささや》くと、夜斗君《やとくん》は私《わたし》から手《て》を離《はな》した。慌《あわ》てて後《うし》ろに下《さ》がる私《わたし》を見《み》て、夜斗君《やとくん》は楽《たの》しそうにニコニコと笑《わら》っている。いじわるだ。絶対《ぜったい》にいじわるだ。

黙《だま》って夜斗君《やとくん》の横《よこ》をどうにかすり抜《ぬ》けて教室《きょうしつ》を出《で》ると、私《わたし》は廊下《ろうか》をひとりで歩《ある》く。そんな私《わたし》を追《お》いかけて、夜斗君《やとくん》は隣《となり》に並《なら》んだ。そのままふたりで昇降口《しょうこうぐち》を出《で》て校庭横《こうていよこ》を歩《ある》く。

「なんで置《お》いていくんだよ」

「だって……」

振《ふ》り返《かえ》ると、何人《なんにん》かの女子《じょし》が夜斗君《やとくん》についてきているのがわかった。このまま一緒《いっしょ》に帰《かえ》ったら、同《おな》じ家《いえ》に住《す》んでいることがバレてしまうかもしれない。人気者《にんきもの》の夜斗君《やとくん》と一緒《いっしょ》に住《す》んでることがバレたらもっと騒《さわ》ぎになって……。

そう思《おも》うとつい歩《ある》くスピードが速《はや》くなる。

「おい、待《ま》てよ！」

速度《そくど》を速《はや》めるほどに夜斗君《やとくん》の声《こえ》が遠《とお》くなっていく。このまま夜斗君《やとくん》を置《お》いて帰《かえ》れば――。

「危《あぶ》ない！」

「え？」

遠《とお》くから聞《き》こえた夜《や》斗《と》君《くん》の声《こえ》に顔《かお》を上《あ》げると、私《わたし》のすぐ目《め》の前《まえ》に野球《やきゅう》の球《たま》があった。

ぶつかる……！

そう思《おも》った瞬間《しゅんかん》、離《はな》れたところにいたはずの夜《や》斗《と》君《くん》が私《わたし》の身体《からだ》を抱《だ》きしめ、飛《と》んできた球《たま》を掴《つか》んだ。

「どこに投《な》げてるんだよ、このノーコン！」

そう言《い》って手《て》に持《も》った球《たま》を運動場《うんどうじょう》に向《む》かって勢《いきお》いよく投《な》げた。

「な、なに……？」

いったいなにが……。っていうか、夜《や》斗《と》君《くん》は結構《けっこう》後《うし》ろにいたはずなのにどうやって……。

訳《わけ》がわからない私《わたし》をよそに、周《まわ》りの女《おんな》の子《こ》たちはキャーキャーと声《こえ》をあげている。

「今《いま》の見《み》た!?　めちゃくちゃカッコよかったんだけど！　夜《や》斗《さま》様の反射神経《はんしゃしんけい》すごくない？」

「あの子《こ》ズルい！　私《わたし》が守《まも》られたかった！」

「ホントに！　なんなの、あの子《こ》！　ムカつく！」

聞《き》こえてくる話《はなし》から、夜《や》斗《と》君《くん》が私《わたし》を守《まも》ってくれたのはわかった。でも、それ以上《いじょう》に周《まわ》りからの視線《しせん》が、言葉《ことば》が怖《こわ》かった。

「あ、ありがとう。でも、ちょっと離《はな》れて……」

「どうした？」

夜斗君《やとくん》の身体《からだ》を押《お》しのけると、不思議《ふしぎ》そうに私《わたし》を見下《みお》ろす夜斗君《やとくん》の顔《かお》が見《み》えた。

助《たす》けてもらったのに、こんなことを言《い》うのは間違《まちが》ってるってわかってる。でも。

「ねえ、夜斗君《やとくん》。お願《ねが》いがあるんだけど」

「やだ」

「まだ何《なに》も言《い》ってないのに」

「どうせ『一緒《いっしょ》に住《す》んでること内緒《ないしょ》にして』とか『別々《べつべつ》に帰《かえ》りたい』とかそういうのだろ」

見事《みごと》言《い》い当《あ》てられてしまい、思《おも》わず黙《だま》り込《こ》んでしまう。

勝手《かって》なことを言《い》っているのはわかってる。でも、このままだと絶対《ぜったい》に一緒《いっしょ》に住《す》んでいるのがみんなにバレちゃう。

そうなったら静《しず》かに学校生活《がっこうせいかつ》を送《おく》るという目標《もくひょう》が崩《くず》れ落《お》ちることになる。そうしたら、なんのために受験《じゅけん》までして私立中学校《しりつちゅうがっこう》に来《き》たのかわからなってしまう。

黙《だま》ったままでいると、夜斗君《やとくん》はため息《いき》をついた。

「しょうがねえな」

「え？」

「花嫁《はなよめ》さんを困《こま》らせるつもりはないからな。内緒《ないしょ》にしといてやるよ」

「ありがとう！」

まさかオッケーしてくれると思《おも》わなくて、驚《おどろ》いてしまう。けれどこれで平和《へいわ》な学校生活《がっこうせいかつ》が守《まも》られると思《おも》うと気分《きぶん》もルンルンだ。

「夜斗君《やとくん》も何《なに》か困《こま》ったことがあったら言《い》ってね。私《わたし》にできることならなんでもするから！」

「……なんでも？」

だからかもしれない。このときの夜斗君《やとくん》の笑顔《えがお》の意味《いみ》に気《き》づかなかったのは。

あの日《ひ》、約束《やくそく》どおり夜斗君《やとくん》は「コンビニに寄《よ》って帰《かえ》る」と言《い》って、途中《とちゅう》で私《わたし》とは別《わか》れた。

そのあとどうやって帰《かえ》ってきたのかはわからないけれど、気《き》づけば夜斗君《やとくん》は家《いえ》にいて、当《あ》たり前《まえ》のようにリビングでテレビを観《み》ていた。

夜斗君《やとくん》についてきてた女《おんな》の子《こ》たちはどうしたんだろう。外《そと》にいる様子《ようす》もないし……。

もしかして。

「眼力《がんりき》を使《つか》ったの？」

「そんなもん使《つか》わなくたってなんとでもなるよ」

恐《おそ》る恐《おそ》る尋《たず》ねると、夜斗君《やとくん》は片目《かため》をつむってみせた。

その仕草《しぐさ》にドキッとしながらも、夜斗君《やとくん》が眼力《がんりき》を使《つか》っていないことを知《し》ってホッとした。

やっぱり人《ひと》の気持《きも》ちを無理《むり》やり変《か》えてしまう力《ちから》なんて怖《こわ》いから。

学校《がっこう》は相変《あいか》わらず騒《さわ》がしかったけれど、週末《しゅうまつ》が近《ちか》づくにつれ私《わたし》の周《まわ》りは少《すこ》しずつ落《お》ち着《つ》きを取《と》り戻《もど》してきていた。

　といっても、あからさまに私《わたし》のことを無視《むし》する子《こ》やこちらを見《み》てヒソヒソ言《い》ってくる先輩《せんぱい》は未《いま》だにいる。それから――。

「ねえねえ、夏希《なつき》」

　クラスの女子《じょし》が私《わたし》の机《つくえ》を囲《かこ》む。

「夜斗様《やとさま》の好《す》きな食《た》べ物《もの》って知《し》ってる？」

「好《す》きなタイプは？」

「甘《あま》いのって苦手《にがて》かな？」

『夏希《なつき》』なんて呼《よ》ばれていたっけ、と思《おも》ってしまうぐらいの距離感《きょりかん》だったはずの女子《じょし》たちは、まるでずっと友達《ともだち》だったよね、という顔《かお》をして私《わたし》に話《はな》しかけてくる。

　あまりにもわかりやすい態度《たいど》に笑《わら》ってしまう。

　この子《こ》たちはみんな私《わたし》に近《ちか》づけば夜斗君《やとくん》の情報《じょうほう》をゲットできるかも、あわよくば私《わたし》も仲良《なかよ》くなれちゃう⁉　と思《おも》っているグループだ。

　敵意《てきい》を剥《む》き出《だ》しにされたり無視《むし》されるよりもいいけれど、これはこれで困《こま》ってしまう。

「お、親同士《おやどうし》が知《し》り合《ごう》いってだけで、私《わたし》はそんなに仲《なか》が良《い》いわけじゃないから」

「またまたー。あんなに仲良《なかよ》さそうじゃん。それとも私《わたし》たちには教《おし》えたくないってこと？」

冗談《じょうだん》めかして言《い》う言葉《ことば》の裏《うら》に、どこかピリリとした空気《くうき》が漂《ただよ》う。

「そ、そういうわけじゃないけど……」

「ならよかった！　夜斗様《やとさま》のことひとり占《じ》めしたいって思《おも》ってるのかと勘違《かんちが》いしちゃった」

顔《かお》は笑《わら》っているけれど、目《め》は笑《わら》っていなかった。

怖《こわ》い……。どうしたらいいんだろう。

夜斗君《やとくん》に聞《き》いたらきっと教《おし》えてくれるとは思《おも》うけど……。

「あ、夜斗様《やとさま》！」

噂話《うわさばなし》をしていると、ちょうど教室《きょうしつ》の窓《まど》からこちらを見《み》ている夜斗君《やとくん》の姿《すがた》が見《み》えた。

移動教室《いどうきょうしつ》だからこの休《やす》み時間《じかん》は来《こ》られないと言《い》っていたはずだけど。

「それじゃあさっきのこと、夜斗様《やとさま》に聞《き》いておいてね！」

「え、ちょっと待《ま》って……」

「頼《たの》んだからね！」

そう言《い》うと、女子《じょし》たちは慌《あわ》てたように自分《じぶん》の席《せき》に戻《もど》っていく。

「そ、そんなぁ」

「なにが『そんなぁ』なんだ？」

思《おも》わず呟《つぶや》いてしまった言葉《ことば》に返事《へんじ》をしたのは、夜斗君《やとくん》だった。

「移動《いどう》する合間《あいま》に寄《よ》ったんだ。すぐに行《い》かなきゃいけないんだけど、どうしても夏希《なつき》に会《あ》いたかったから」

ふっと笑《わら》い顔《がお》を向《む》ける夜斗君《やとくん》に、周《まわ》りにいた女子《じょし》が悲鳴《ひめい》をあげている。その場《ば》にしゃがみ込《こ》んでしまう子《こ》までいた。

あ、目《め》が合《あ》っちゃった。

さっきまで私《わたし》を質問攻《しつもんぜ》めにしていた女子《じょし》が「早《はや》く早《はや》く！」と口《くち》パクで言《い》ってくる。

しょうがない、か。

「あのね、今《いま》、夜斗君《やとくん》の話《はなし》をしてたの」

「俺《おれ》の？」

「そう。あそこにいる子《こ》たちが聞《き》きたいことがあるんだって」

近《ちか》くにいた女子《じょし》の方《ほう》へと視線《しせん》を向《む》ける。けれど、その子《こ》はなぜか目《め》に涙《なみだ》を浮《う》かべて必死《ひっし》に首《くび》を横《よこ》に振《ふ》っていた。

「聞《き》かなくていいの？」

今度《こんど》は首《くび》がもげそうなほど上下《じょうげ》に振《ふ》ると、逃《に》げ出《だ》すように教室《きょうしつ》を飛《と》び出《だ》した。一緒《いっしょ》にいた子《こ》たちはその後《うし》ろを慌《あわ》てて追《お》いかけていく。

いったい何《なに》が起《お》きているのかわからないけれど、聞《き》かなくていいならもういい、のかな。

安心《あんしん》する私《わたし》とは反対《はんたい》に、夜斗君《やとくん》は眉間《みけん》に皺《しわ》を寄《よ》せた。

「チッ。なんだ、そういうことか」

舌打《したう》ちをすると、夜斗君《やとくん》はみんなからは見《み》えないように細長《ほそなが》い指《ゆび》で私《わたし》の顎《あご》に触《ふ》れた。

「お前《まえ》が喜《よろこ》んでくれたかと思《おも》ったんだけどな」

「え、あ、あの、まっ」

こんなことをされているのを見《み》られたら、何《なに》を言《い》われるかわからない。

「や、やめ……」

「やめない。俺《おれ》をガッカリさせたんだ。これぐらいは許《ゆる》してくれるだろう?」

「ガッカリって……」

いったい何《なに》が何《なん》なのかわからない。

ちゃんと考《かんが》えたいのに、夜斗君《やとくん》の指《ゆび》の感触《かんしょく》にドキドキしてしまって、何《なに》も考《かんが》えられない。

「あ、あの……」

「顔《かお》、真《ま》っ赤《か》だぞ」

「え……」

「しょうがねえから、その顔《かお》に免《めん》じて許《ゆる》してやるよ」

顎《あご》から指《ゆび》を離《はな》すと、夜斗君《やとくん》は私《わたし》の頭《あたま》をポンポンとしてそのまま教室《きょうしつ》から出《で》ていった。

残《のこ》された私《わたし》は、熱《あつ》くなった頬《ほお》を両手《りょうて》で押《お》さえて周《まわ》りにバレないようにするのに必死《ひっし》だった。

その日《ひ》の放課後《ほうかご》、私《わたし》はひとりで自宅《じたく》に帰《かえ》るとなんとも落《お》ち着《つ》かない気持《きも》ちでリビングにいた。

授業《じゅぎょう》を受《う》けていても、給食《きゅうしょく》を食《た》べていても、夜斗君《やとくん》にされたことが頭《あたま》を離《はな》れず、つい思《おも》い出《だ》しては顔《かお》を赤《あか》くしてしまっていた。美愛《みあ》からも呆《あき》れられるほどに。

今《いま》だって、別《べつ》にリビングにいる用《よう》はないのだけれど、自分《じぶん》の部屋《へや》にいると少《すこ》し物音《ものおと》がしただけで夜斗君《やとくん》が帰《かえ》ってきたんじゃないかって気《き》になってしまう。

ずっとソワソワするぐらいなら、いっそリビングにいたほうがいいのではと思《おも》ったのだ。

キッチンで夕食《ゆうしょく》の準備《じゅんび》をしているお母《かあ》さんに何度《なんど》か頼《たの》まれごとをしているうちに、玄関《げんかん》の方《ほう》からガチャッとドアを開ける音が聞こえた。

「ただいま帰《かえ》りました」

「あら、夜斗君《やとくん》。おかえりなさい」

キッチンにいるお母《かあ》さんに挨拶《あいさつ》をした夜斗君《やとくん》は、リビングのソファーに座《すわ》る私《わたし》の方《ほう》を見《み》た。

「ただいま、夏希《なつき》」

「……おかえり、なさい」

優《やさ》しく微笑《ほほえ》む夜斗君《やとくん》から、つい目《め》を逸《そ》らしてしまう。

けれどそんな私《わたし》の態度《たいど》なんてお構《かま》いなしに、夜斗君《やとくん》はまっすぐこちらへと歩《ある》いてきた。

「な、なに……」

「ん？　別《べつ》に？　夏希《なつき》こそ、俺《おれ》のことを待《ま》ってたんじゃないのか？」

「待《ま》ってなんか……！」

見透《みす》かされたような言葉《ことば》に慌《あわ》てて首《くび》を横《よこ》に振《ふ》る。夜斗君《やとくん》はカバンを置《お》くと隣《となり》に座《すわ》った。

「そうか？　俺《おれ》がリビングに入《はい》った瞬間《しゅんかん》、嬉《うれ》しそうにしたのが見《み》えたんだけど、あれは気《き》のせいだったのか？」

「ちが……！　ただやっと帰《かえ》ってきたなって思《おも》っただけで……あっ」

思《おも》わず滑《すべ》ってしまった口《くち》に、夜斗君《やとくん》がニヤリと笑《わら》うのが見《み》えた。これじゃあ、いつ帰《かえ》ってくるのかと気《き》にしてたって言《い》っているようなものだ。

「そっか、そっか。そんなに待《ま》っててくれたのか」

「そうじゃなくて！　ああ、もう！　夜斗君《やとくん》のいじわるっ」

「そうか？　俺《おれ》は優《やさ》しいぞ。お前《まえ》にだけはな」

花嫁《はなよめ》だからな、と続《つづ》ける夜斗君《やとくん》を無視《むし》して立《た》ち上《あ》がった私《わたし》の目《め》の前《まえ》に、いつの間《ま》にかお母《かあ》さんが立《た》っていた。

「夏希《なつき》？　あんた、夜斗君《やとくん》が優《やさ》しいからってそんな偉《えら》そうな口調《くちょう》で言《い》っちゃダメでしょ」

「偉《えら》そうなんかじゃ……」

「せっかく夜斗君《やとくん》が仲良《なかよ》くなろうと歩《あゆ》み寄《よ》ってくれてるんだから、失礼《しつれい》な態度《たいど》ばっかりとらないのよ。まったく……」

そうブツブツと文句《もんく》を言《い》うと、食卓《しょくたく》の上《うえ》に置《お》いてあったお母《かあ》さんのカバンから何《なに》かを取《と》り出《だ》した。

「良《よ》い機会《きかい》だから、週末《しゅうまつ》ふたりで出《で》かけてきなさい」

手渡《てわた》されたそれは、プラネタリウムのチケットだった。

「会社《かいしゃ》の人《ひと》からもらったの。よければって。でもどうせならふたりで行《い》ったほうが仲良《なかよ》くなれていいでしょ」

「ええ……でも……」

どうにか反論《はんろん》しようとした私《わたし》の腕《うで》をお母《かあ》さんは掴《つか》み、耳元《みみもと》に口《くち》を寄《よ》せた。

「夜斗君《やとくん》が『せっかく一緒《いっしょ》に暮《く》らすんだから夏希《なつき》と仲良《なかよ》くなりたいんです』って言《い》ってたの。こんなカッコいい子《こ》にそんなこと言《い》われて何《なん》の文句《もんく》があるっていうの」

「仲良《なかよ》く……なりたいって思《おも》ってくれるのは嬉《うれ》しいけど……」

けれど、お母《かあ》さんの考《かんが》えているものとは仲良《なかよ》くの種類《しゅるい》が違《ちが》う気《き》がしてしょうがない。

それに休日《きゅうじつ》にふたりで出《で》かけたりなんかしたら、誰《だれ》に見《み》られるかわからない。もしもデートしていたなんて噂《うわさ》が流《なが》れでもしたら何《なに》を言《い》われるか……。

「お母《かあ》さん、私《わたし》、やっぱり……！」

断《ことわ》ろうと思《おも》って口《くち》を開《ひら》いた――はずだった。

「わ、プラネタリウムだ！」

お母《かあ》さんの持《も》っているチケットを見《み》て、夜斗君《やとくん》が嬉《うれ》しそうな声《こえ》をあげた。

「俺《おれ》、プラネタリウム大好《だいす》きなんです。星《ほし》を見《み》るのも、星座《せいざ》の話《はなし》を聞《き》くのもすごく好《す》きで」

「あら、ホント？　ちょうどよかったわ。これ、会社《かいしゃ》の人《ひと》からもらったの。よければ、夏希《なつき》とふたりで行《い》ってこない？」

「え、いいんですか？　あ、でも夏希《なつき》が嫌《いや》がるんじゃあ……」

私《わたし》を気遣《きづか》うような、それでもってしょんぼりとしたような表情《ひょうじょう》を夜斗君《やとくん》は浮《う》かべる。こんな顔《かお》をされたら……。ううん、でも私《わたし》は……。

「ね、夏希《なつき》。俺《おれ》どうしても行《い》きたいんだけど、お願《ねが》い、聞《き》いてくれる？」

その瞬間《しゅんかん》、夜斗君《やとくん》がニヤリと笑《わら》ったのが見《み》えた。

そうだ、『お願《ねが》い』……。なんでもひとつだけ聞《き》くと約束《やくそく》したんだった。

お母《かあ》さんは『もちろん行《い》くわよね』といった表情《ひょうじょう》で私《わたし》を見《み》ている。こういうのを八方塞《はっぽうふさ》がりっていうのだと、身《み》をもって思《おも》い知《し》ってしまった。

「……行《い》き、ます」

「ホント⁉　じゃあ、今週末《こんしゅうまつ》！　ふたりで行《い》くの楽《たの》しみにしてるね！」

夜斗君《やとくん》の嬉《うれ》しそうな声《こえ》と、お母《かあ》さんの満足《まんぞく》そうな顔《かお》に、私《わたし》はガックリとソファーに座《すわ》り込《こ》んでしまった。


あのあと『宿題《しゅくだい》があるから』と言《い》って、私《わたし》は自分《じぶん》の部屋《へや》へと戻《もど》ってきていた。とはいえ、本当《ほんとう》の目的《もくてき》は宿題《しゅくだい》ではない。

今《いま》、私《わたし》の目《め》の前《まえ》にはクローゼットから引《ひ》っ張《ぱ》り出《だ》した洋服《ようふく》が並《なら》べられていた。夜斗君《やとくん》と休日《きゅうじつ》に出《で》かけるということは、制服《せいふく》というわけにはいかない。

別《べつ》にデートってわけじゃないし普段着《ふだんぎ》で行《い》ってもいいんだけど、夜斗君《やとくん》と並《なら》んで歩《ある》いたときに恥《は》ずかしい格好《かっこう》はしたくない。

気合《きあ》いが入《はい》っているように見《み》えずに、でもそこそこきちんとした格好《かっこう》に見《み》える服《ふく》はどれかと並《なら》べた服《ふく》を見《み》ながら悩《なや》んでいた最中《さいちゅう》だった。

コンコンという音《おと》がして、私《わたし》の部屋《へや》のドアが開《ひら》いたのは。

「夏希《なつき》、今《いま》いいか？　って、どうしたんだ、これ」

「わ、み、見《み》ないで！」

散《ち》らかった服《ふく》を慌《あわ》てて隠《かく》す。けれど、もう遅《おそ》かった。

「もしかして、デートの服考《ふくかんが》えてくれてたの？」

「デートじゃない！」

「デートだと思《おも》ったのになー。まあでも、俺《おれ》と出《で》かけるときに着《き》る服、考えてくれてたんだろ？　そういうのすっげー嬉《うれ》しい」

夜斗君《やとくん》は嬉《うれ》しそうに口元《くちもと》を緩《ゆる》める。

「俺《おれ》のためにオシャレしようとしてくれてるの見《み》ると、うわ——ってなる。あー、ヤバイ。めっちゃ嬉《うれ》しい」

言葉《ことば》から、口元《くちもと》から嬉《うれ》しさがあふれ出《だ》しているみたい。

そんなに喜《よろこ》んでくれるなんて思《おも》わなくて、夜斗君《やとくん》の姿《すがた》に心臓《しんぞう》がドキッと大《おお》きく音《おと》を立《た》てた。

「もう！　勝手《かって》に入《はい》ってこないでって言《い》ってるでしょ！」

恥《は》ずかしさを誤魔化《ごまか》すため、ツカツカと部屋《へや》の中《なか》へと入《はい》ってくる夜斗君《やとくん》についキツい言葉《ことば》を投《な》げかけてしまう。

「いいだろ、別《べつ》に」

「よくない！」

部屋《へや》の外《そと》へと押《お》し戻《もど》そうとするけれど、私《わたし》の手《て》をひらりとかわすと夜斗君《やとくん》はベッドに座《すわ》る。

「夏希《なつき》」

名前《なまえ》を呼《よ》ばれて心臓《しんぞう》がうるさいぐらいにドキドキしちゃう。

「こっちにおいで」

「や、やだ」

プイッと顔《かお》を背《そむ》けてみせる私《わたし》に、夜斗君《やとくん》はもう一度声《いちどこえ》をかけた。

「おいで」

「〜〜っ」

夜斗君《やとくん》の声《こえ》があまりにも優《やさ》しくて、意地《いじ》を張《は》っている私《わたし》がいじわるをしているみたい。

仕方《しかた》なくベッドに座《すわ》る夜斗君《やとくん》の隣《となり》、ではなく端《はし》の方《ほう》に座《すわ》った。少《すこ》しでも距離《きょり》をとるために。

「そんなに遠《とお》かったら話《はな》しにくいだろ」

そう言《い》ったかと思《おも》うと、夜斗君《やとくん》は身体《からだ》をズラして私《わたし》の隣《となり》に移動《いどう》した。

肩《かた》が触《ふ》れそうな距離《きょり》に夜斗君《やとくん》がいる。くっついていないはずなのに、ぬくもりが伝《つた》わってくるようだった。

シンとした空気《くうき》が、私《わたし》たちを包《つつ》む。自分《じぶん》の部屋《へや》にいるはずなのに、緊張《きんちょう》するなんて。まるで全身《ぜんしん》が心臓《しんぞう》になってしまったかのようにドクドクと音《おと》を立《た》てていた。

「そ、そういえば」

シンとしているから、高鳴《たかな》る心臓《しんぞう》の音《おと》がすぐそばにいる夜斗君《やとくん》に聞《き》こえてしまいそう……。

私《わたし》は少《すこ》しでも雰囲気《ふんいき》を変《か》えようと、明《あか》るい声《こえ》で夜斗君《やとくん》に尋《たず》ねた。

「夜斗君《やとくん》は自分《じぶん》のことを吸血鬼《ヴァンパイア》って言《い》ってたけど、今《いま》は血《ち》を吸《す》わないんだよね」

「ん？　まあ、そうだな。俺《おれ》は大人《おとな》になってから吸《す》うって決《き》めてるからな」

「じゃあ、眼力《がんりき》が使《つか》える以外《いがい》は普通《ふつう》の人間《にんげん》と同《おな》じなの？」

吸血鬼《ヴァンパイア》というと漫画《まんが》やアニメの中《なか》に出《で》てくるキャラクターのせいで、ちょっぴり怖《こわ》いイメージがあった。でも夜斗君《やとくん》はそんなに怖《こわ》くない。それどころか私《わたし》には優《やさ》しい。

だからこうやって隣《となり》に並《なら》んでいても、夜斗君《やとくん》のことを怖《こわ》くは思《おも》えなかった。

「そうだな、人間《にんげん》と比《くら》べてちょっと運動神経《うんどうしんけい》がよかったり夜目《よめ》が利《き》いたり、あとは」

夜斗君《やとくん》は自分《じぶん》の口《くち》に人差《ひとさ》し指《ゆび》の先《さき》を引《ひ》っかけると、歯《は》が見《み》えるように引《ひ》っ張《ぱ》った。そこには私《わたし》たち人間《にんげん》の犬歯《けんし》に比《くら》べて長《なが》く、そして鋭《するど》い牙《きば》のようなモノがあった。

これで血《ち》を……。

ゴクリと唾《つば》を呑《の》み込《こ》んだ音《おと》がやけに大《おお》きく耳《みみ》の奥《おく》で響《ひび》いた。

「触《さわ》ってみる？」

「さっ……!?」

慌《あわ》てて首《くび》を横《よこ》に振《ふ》る私《わたし》に、夜斗君《やとくん》はイタズラっぽく笑《わら》った。

「ジッと見《み》てるから、触《さわ》ってみたいのかと思《おも》って」

「ち、ちが……。ただ、その、痛《いた》くないのかなって思《おも》って……」

「ためしてみる？」

また冗談《じょうだん》を言《い》ってからかってるんだと思《おも》った。だから、笑《わら》い飛《と》ばせばいいってそう思《おも》って夜《や》斗君《とくん》を見《み》ると、まっすぐ真剣《しんけん》な目《め》で私《わたし》を見《み》つめていた。

「じょう、だん……だよね……？」

「どう思《おも》う？」

まさか、本当《ほんとう》に……？　でも、大人《おとな》になってからって夜《や》斗君《とくん》は言《い》っていたから、今《いま》はまだ吸《す》わないはず、だよね……？

「……なんてね」

ふっと表情《ひょうじょう》を崩《くず》した夜《や》斗君《とくん》に、私《わたし》はホッとして息《いき》を吐《は》き出《だ》した。

「ふふ、ドキってした？」

「してない！」

「なーんだ、残念《ざんねん》」

ムキになって否定《ひてい》する私《わたし》を、夜《や》斗君《とくん》はいつものように意地悪《いじわる》く笑《わら》う。その表情《ひょうじょう》に安心《あんしん》する。

さっきみたいに真剣《しんけん》な目《め》で見《み》られると、ドキドキするのと同《おな》じぐらいに、怖《こわ》い。

「もう！　いじわるなことばっかり言《い》うなら部屋《へや》に戻《もど》ってよ！」

「えー、いいじゃん。もうちょっと喋《しゃべ》ろうぜ。ほら、他《ほか》に何《なに》か質問《しつもん》したいこととかないの？」

「質問《しつもん》っていっても別《べつ》に」

「こんな機会《きかい》でもないと、お互《たが》いのことをちゃんと知《し》るチャンスなんてないだろ？」

そう言《い》われればそうなのかもしれない。

私《わたし》は少《すこ》し考《かんが》えて、おずおずと質問《しつもん》を口《くち》にした。

「大人《おとな》になったら血《ち》を吸《す》うって言《い》ってたけど、夜《や》斗《と》君《くん》のいう大人《おとな》っていつ？」

「って、吸血鬼《ヴァンパイア》についてかよ。俺《おれ》について知《し》りたいって思《おも》ってくれてもいいんだぜ？」

「吸血鬼《ヴァンパイア》についてだって、夜《や》斗《と》君《くん》のことでしょ？」

「まあそうだけど、そうじゃなくて俺《おれ》の好《す》きな食《た》べ物《もの》とか、好《す》きな音楽《おんがく》とかそういう……」

夜《や》斗《と》君《くん》はブツブツと言《い》っていたけれど、諦《あきら》めたように「まあいっか」と笑《わら》った。

「俺《おれ》についてはちょっとずつ興味《きょうみ》を持《も》ってもらうとして。吸血鬼《ヴァンパイア》の大人《おとな》の定義《ていぎ》な。俺《おれ》たちは人《にん》間《げん》と違《ちが》って十六歳《じゅうろくさい》で大人《おとな》だと認《みと》められる。俺《おれ》だとあと一《いち》年《ねん》だな」

「あと一《いち》年《ねん》……」

たったあと一《いち》年《ねん》で夜《や》斗《と》君《くん》は大人《おとな》になる。あの牙《きば》で、人《ひと》の血《ち》を吸《す》うんだ。

「そう。あと一《いち》年《ねん》で、お前《まえ》のここに牙《きば》を立《た》てて血《ち》を吸《す》うんだ」

夜斗君《やとくん》の指先《ゆびさき》が、私《わたし》の首筋《くびすじ》に触《ふ》れた。触《ふ》れられた箇所《かしょ》が熱《あつ》くなり、身体中《からだじゅう》から血《ち》が集《あつ》まってきているようだった。

ここに夜斗君《やとくん》の唇《くちびる》が触《ふ》れて、それで――。

「こうやって血《ち》を吸《す》うんだ」

そう言《い》ったかと思《おも》うと、夜斗君《やとくん》は私《わたし》の首筋《くびすじ》に顔《かお》を近《ちか》づけ、唇《くちびる》を触《ふ》れさせた。

「ん……っ」

その瞬間《しゅんかん》、ピリリと甘《あま》いしびれが全身《ぜんしん》に走《はし》った。

同時《どうじ》に、自分《じぶん》の口《くち》から漏《も》れ出《で》た甘《あま》い声《こえ》が恥《は》ずかしくて、思《おも》いっきり夜斗君《やとくん》を突《つ》き飛《と》ばした。

「っと、なにすん、だ、よ……って、ふ、はは」

体勢《たいせい》を崩《くず》した夜斗君《やとくん》は身体《からだ》を起《お》こすと私《わたし》の顔《かお》を見《み》て噴《ふ》き出《だ》した。

「……何《なに》？」

「いや？　可愛《かわい》い顔《かお》してるなって思《おも》って」

どんな顔《かお》をしているのか、確《たし》かめたくもないぐらいには頬《ほお》も目《め》も熱《あつ》かった。

「一年後《いちねんご》にはもっとドキドキさせてやるから、覚悟《かくご》しとけよ」

笑《わら》いながら言《い》うと、夜斗君《やとくん》は私《わたし》の部屋《へや》から出《で》ていく。

やっとひとりになれた、はずなのに、首筋《くびすじ》に残《のこ》る唇《くちびる》の感触《かんしょく》をいつまでも忘《わす》れられずにいた。

第《だい》三章《しょう》 吸血鬼《ヴァンパイア》なカレと初《はつ》デート!?

翌日《よくじつ》、眠《ねむ》い目《め》をこすりながら部屋《へや》に置《お》いた鏡《かがみ》の前《まえ》に立《た》つ。

昨日《きのう》の夜《よる》は緊張《きんちょう》してなかなか寝《ね》つけなかったし、朝《あさ》はセットしてあった目覚《めざ》ましよりも一時《いちじ》間《かん》以上《いじょう》早《はや》く目《め》が覚《さ》めてしまった。

二度寝《にどね》したらよかったのかもしれないけど、寝坊《ねぼう》したらと思《おも》うと怖《こわ》くてそれもできなかった。

「変《へん》じゃない、よね」

鏡《かがみ》に映《うつ》る自分《じぶん》の姿《すがた》を上《うえ》から下《した》まで確認《かくにん》する。薄《うす》い水色《みずいろ》のブラウスにブラウンのタータンチェック柄《がら》スカート、可愛《かわい》くなくはない、と思《おも》うけど。

やっぱりワンピースの方《ほう》がよかったかな、それとも気合《きあ》い入《はい》りすぎているように思《おも》われないためにもパンツ姿《すがた》の方《ほう》がいい？

正解《せいかい》なんてあるはずないのに、ああでもないこうでもないと頭《あたま》の中《なか》で問《と》いかけ続《つづ》ける。

そんな私《わたし》の葛藤《かっとう》を終《お》わらせたのは、ドアをノックする音《おと》だった。

「夏希《なつき》？　準備《じゅんび》はできた？」

ガチャッと音《おと》を立《た》てて入《はい》ってきたのは、私服姿《しふくすがた》の夜斗君《やとくん》だった。

同《おな》じ家《いえ》に住《す》んでいるのだから、私服《しふく》なんて見慣《みな》れているはず。なのに、グレーのTシャツに黒《くろ》のシャツを羽織《はお》り、ジーンズをはいた夜斗君《やとくん》は、いつもよりもカッコよく見《み》えた。

「夏希《なつき》？」

思《おも》わず見《み》とれてしまっていた私《わたし》は、夜斗君《やとくん》が私《わたし》の名前《なまえ》を呼《よ》ぶ声《こえ》で我《われ》に返《かえ》った。

「な、なに？」

「その様子《ようす》じゃ聞《き》いてなかったね」

クスッと笑《わら》ったかと思《おも》うと、夜斗君《やとくん》は甘《あま》い笑《え》みを私《わたし》に向《む》けた。

「その服《ふく》、すごくよく似合《にあ》ってる。めちゃくちゃ可愛《かわい》いよ」

「なっ……」

熱《あつ》くなる頬《ほお》を慌《あわ》てて両手《りょうて》で押《お》さえる。そんな私《わたし》を夜斗君《やとくん》は楽《たの》しそうに笑《わら》う。

「照《て》れてるところも可愛《かわい》い」

「か、からかわないで！」

「からかってなんかないよ。可愛《かわい》いから可愛《かわい》いって言《い》ってるだけだよ」

その目《め》が嘘《うそ》をついているようには見《み》えず、余計《よけい》にどうしていいかわからなくなる。

「……ありが、とう」

消《き》えそうなぐらい小《ちい》さな声《こえ》で言《い》ったお礼《れい》はバッチリ夜斗君《やとくん》の耳《みみ》に届《とど》いていたようで、

「どういたしまして」

と言《い》って微笑《ほほえ》んでいた。


軽《かる》くご飯《はん》を食《た》べ、私《わたし》たちは歩《ある》いて駅《えき》へと向《む》かった。

プラネタリウムは電車《でんしゃ》で数駅《すうえき》行《い》った先《さき》にある、駅直結《えきちょっけつ》のショッピングモール内《ない》にあった。

「夏希《なつき》は行《い》ったことあるの？　今日《きょう》行《い》くプラネタリウム」

五分後《ごふんご》に来《く》るらしい電車《でんしゃ》をホームで待《ま》っていると、不意《ふい》に夜斗君《やとくん》が尋《たず》ねた。

「んーと、小学校《しょうがっこう》の遠足《えんそく》で行《い》って以来《いらい》かな？」

近《ちか》いというほど近《ちか》くもなく、かといって家族《かぞく》で買《か》い物《もの》に行《い》くほど大《おお》きくもない。なんともいえないポジションにそのショッピングモールはあった。

「夜斗君《やとくん》は？」

「俺《おれ》はないよ。前《まえ》に住《す》んでいた家《いえ》の近《ちか》くにあったプラネタリウムには結構《けっこう》通《かよ》ったんだけどな。こっちのは初《はじ》めて」

「そういえば前《まえ》ってどこに住《す》んでいたんだっけ」

何気《なにげ》なく尋《たず》ねた言葉《ことば》に、夜斗君《やとくん》は口《くち》の端《はし》を上《あ》げた。

「気《き》になる？」

「な、そ、そういうわけじゃ」

ない、と言《い》うと嘘《うそ》になってしまうかもしれない。でもそれを認《みと》めるのが恥《は》ずかしくて、つい否定《ひてい》してしまう。

「なーんだ、興味《きょうみ》持《も》ってくれたのかと思《おも》ったのに」

残念《ざんねん》そうに夜斗君《やとくん》が言《い》うのと、電車《でんしゃ》がホームに入《はい》ってくるのが同時《どうじ》だった。

「夏希《なつき》が知《し》りたいって思《おも》ったらいつでも教《おし》えるよ」

「あっ」

「行《い》こっか」

電車《でんしゃ》のドアが開《ひら》き、夜斗君《やとくん》に促《うなが》されて乗《の》り込《こ》んだ。引《ひ》っ越《こ》す前《まえ》の場所《ばしょ》のことは、教《おし》えてもらえないままだ。

私《わたし》が知《し》りたいと思《おも》ったら。夜斗君《やとくん》はそう言《い》っていた。

つまり『知《し》りたいから教《おし》えて』と私《わたし》から言《い》えば教《おし》えてくれるということで。それは私《わたし》が夜斗《やと》君《くん》に興味《きょうみ》を持《も》っていると、夜斗君《やとくん》のことを知《し》りたいと思《おも》っていると認《みと》めろということだ。

隣《となり》に立《た》つ夜斗君《やとくん》をこっそりと見《み》る。

「ん？」

気《き》づかれないように見《み》たはずなのに、すぐにバレて顔《かお》を覗《のぞ》き込《こ》まれてしまう。

「な、なんでもない！」

慌《あわ》てて顔《かお》を背《そむ》けるけれど、耳《みみ》が熱《あつ》くなっているのがわかって、夜斗君《やとくん》に気《き》づかれないようにそっと髪《かみ》の毛《け》で耳《みみ》を隠《かく》した。

二十分《にじゅっぷん》と少《すこ》し電車《でんしゃ》に乗《の》ると、ショッピングモールのある最寄《もよ》り駅《えき》に着《つ》いた。プラネタリウムはここの最上階《さいじょうかい》にあった。

「へえ、ここのプラネタリウム、天井《てんじょう》が開《ひら》くんだ」

エレベーター前《まえ》に置《お》かれていたパンフレットを手《て》に夜斗君《やとくん》は言《い》う。

「そう、夜《よる》になると天井《てんじょう》が開《ひら》いて本物《ほんもの》の星空《ほしぞら》を見《み》ながら解説《かいせつ》を聞《き》くことができるんだって」

夜《よる》にも一度《いちど》来《き》てみたいって思《おも》ってるけど、中学生《ちゅうがくせい》がひとりで来《く》るにはハードルが高《たか》い。お母《かあ》さんについてきてほしいと言《い》ってもダメだって言《い》われるのは目《め》に見《み》えている。

「行《い》ってみたいなぁ、夜《よる》のプラネタリウム」

「行《い》こうよ」

「え？」

思《おも》わず呟《つぶや》いた私《わたし》の言葉《ことば》に夜斗君《やとくん》は笑顔《えがお》を見《み》せる。

「行《い》きたいんでしょ？　だったら俺《おれ》と行《い》こうよ」

「で、でもお母《かあ》さんが許《ゆる》してくれないよ」

「そう？　俺《おれ》とふたりで行《い》くって言《い》ったら許《ゆる》してくれると思《おも》うけど」

それはたしかにそうかもしれない。私《わたし》には厳《きび》しいけれど、夜《や》斗《と》君《くん》には優《やさ》しいから。

でもそれじゃあまるで夜《や》斗《と》君《くん》のことを利《り》用《よう》しているようで。どうにも気《き》持《も》ちが納《なっ》得《とく》できず、つい口《くち》ごもってしまう。

「俺《おれ》は夏《なつ》希《き》と行《い》きたい。夏《なつ》希《き》は夜《よる》のプラネタリウムに行《い》きたい。利《り》害《がい》が一《いっ》致《ち》するでしょ」

「それは、そうかもしれないけど」

「じゃあいいじゃん。あ、ほら。着《つ》くよ」

いつの間《ま》にかエレベーターは最《さい》上《じょう》階《かい》までたどり着《つ》いていて、パッと扉《とびら》が開《ひら》いた。

久《ひさ》しぶりに来《き》たプラネタリウムは記《き》憶《おく》の中《なか》と同《おな》じで、どこか懐《なつ》かしい気《き》持《も》ちになる。

受《うけ》付《つけ》でチケットを渡《わた》すと、私《わたし》たちはプラネタリウムの中《なか》に入《はい》った。

すでにいくつかの椅《い》子《す》には人《ひと》がいて、空《あ》いているところに私《わたし》たちも腰《こし》を下《お》ろす。

仰《あお》向《む》けに寝《ね》転《ころ》がるような形《かたち》で天《てん》井《じょう》を見《み》上《あ》げた。そのまま視《し》線《せん》を動《うご》かすと、すぐそばに夜《や》斗《と》君《くん》の顔《かお》が見《み》えた。

こんなにも近《ちか》かったっけ、と思《おも》うぐらい隣《となり》の席《せき》との距《きょ》離《り》が近《ちか》い。ちょっと手《て》を動《うご》かせば、夜《や》斗《と》君《くん》に触《ふ》れることができてしまう。

夜斗君《やとくん》がこちらを向《む》く前《まえ》に、慌《あわ》てて視線《しせん》を天井《てんじょう》に戻《もど》した。

やがて室内《しつない》の灯《あか》りが消《き》え、優《やさ》しい音楽《おんがく》が聞《き》こえ始《はじ》めた。音《おと》に乗《の》せるように、ナレーションが流《なが》れたので、私《わたし》はふうっと息《いき》を吐《は》き出《だ》した。

始《はじ》まってしまえば、見《み》ている間《あいだ》は喋《しゃべ》る必要《ひつよう》もない。星空《ほしぞら》の灯《あか》りのおかげで隣《となり》に寝転《ねころ》がる夜斗《やと》君《くん》の姿《すがた》が見《み》えない。そのおかげで緊張《きんちょう》が少《すこ》しだけほぐれてきた。

そう思《おも》っていたのに。

「……っ」

少《すこ》し暗闇《くらやみ》に慣《な》れてきた頃《ころ》、ふと隣《となり》を見《み》ると夜斗君《やとくん》がこちらを見《み》ていることに気《き》づいた。

「星《ほし》、見《み》ないの？　綺麗《きれい》だよ」

周《まわ》りの迷惑《めいわく》にならないぐらいの小声《こごえ》で私《わたし》は夜斗君《やとくん》に尋《たず》ねる。少《すこ》しだけ非難《ひなん》を込《こ》めて。

「こっちの方《ほう》が綺麗《きれい》だから」

歯《は》の浮《う》くようなセリフをにこやかな笑《え》みを浮《う》かべて夜斗君《やとくん》は言《い》う。その言葉《ことば》に私《わたし》は自分《じぶん》の頬《ほお》が熱《あつ》くなるのを感《かん》じた。

「ば、馬鹿《ばか》なこと言《い》ってないで……あ……」

言葉《ことば》を最後《さいご》まで言《い》うよりも早《はや》く、夜斗君《やとくん》はそっと私《わたし》の手《て》を握《にぎ》りしめた。

心臓《しんぞう》がドキドキとうるさい。星空《ほしぞら》を見《み》たいのに、全神経《ぜんしんけい》が手《て》のひらに集《あつ》まってしまっているみたいだ。

「ふふ。夏希《なつき》、可愛《かわい》い」

夜斗君《やとくん》は私《わたし》の耳元《みみもと》で囁《ささや》いた。その瞬間《しゅんかん》、昨日《きのう》の首筋《くびすじ》への口《くち》づけを思《おも》い出《だ》してゾクッとなって身体《からだ》が震《ふる》えた。

「ん……っ」

思《おも》わず漏《も》れてしまった声《こえ》に、夜斗君《やとくん》が上擦《うわず》った声《こえ》を出《だ》す。

「ヤバい」

何《なに》がヤバいのかと首《くび》を動《うご》かすと、唇《くちびる》が触《ふ》れそうなほどの距離《きょり》に夜斗君《やとくん》の顔《かお》があった。

「……っ」

あまりの近《ちか》さに、一瞬《いっしゅん》息《いき》が止《と》まる。

けれど動揺《どうよう》しているのを悟《さと》られたくなくて、私《わたし》は視線《しせん》を逸《そ》らすとなんでもないふりをした。

「ヤバいってなに、が……」

「ヤバいって……。俺《おれ》、初《はじ》めてだ。血《ち》を吸《す》いたいって気持《きも》ちがわかったの」

「な、なにを言《い》って……」

けれどそれ以上《いじょう》、夜斗君《やとくん》が何《なに》かを言《い》うことはなかった。

ただ繋《つな》がれたまま離《はな》れない手《て》から伝《つた》わるぬくもりがあたたかくて、せっかくプラネタリウムに来《き》たというのに、星《ほし》の解説《かいせつ》が頭《あたま》に入《はい》ってくることはなかった。

全《すべ》ての解説《かいせつ》が終《お》わると、場内《じょうない》がパッと明《あか》るくなった。

夜斗君《やとくん》が身体《からだ》を動《うご》かしたすきに、私《わたし》は繋《つな》いだままだった手《て》を離《はな》した。

「す、すごかったね！　プラネタリウム！」

手《て》を離《はな》したことを変《へん》に思《おも》われないように、私《わたし》は慌《あわ》てて夜斗君《やとくん》に話《はな》しかけた。

「久《ひさ》しぶりに来《き》たら、昔《むかし》よりもバージョンアップしてた！」

「へえ？　昔《むかし》は今《いま》みたいな感《かん》じじゃなかったの？」

自然《しぜん》な感《かん》じで会話《かいわ》が続《つづ》いたことにホッとしながら、私《わたし》は退場《たいじょう》していく人《ひと》たちの流《なが》れに乗《の》って歩《ある》き出《だ》す。もちろん隣《となり》には夜斗君《やとくん》が並《なら》んでいる。

「うーん、もっとあっさりしてた気《き》がする。星《ほし》は綺麗《きれい》だったけど、アナウンスはあんなに凝《こ》ってなかったかな？」

前《まえ》を歩《ある》く人《ひと》が立《た》ち止《ど》まったので、私《わたし》たちも自然《しぜん》と足《あし》を止《と》めた。

どうやらエレベーター待《ま》ちのようだった。この調子《ちょうし》だと、次《つぎ》の回《かい》にはエレベーターに乗《の》れそうだけど。

夜斗君《やとくん》はこのあとどうするつもりなんだろう。

最上階《さいじょうかい》へと戻《もど》ってくるエレベーターのランプを見《み》ながらそんなことを考《かんが》えていると、不意《ふい》に耳元《みみもと》で空気《くうき》が動《うご》いた。

「夏希《なつき》」

「ひっ」

耳元《みみもと》に触《ふ》れる吐息《といき》に思《おも》わず声《こえ》をあげると身《み》を引《ひ》き、そして私《わたし》は自分《じぶん》の首筋《くびすじ》を押《お》さえた。

「ななな、なに⁉」

昨日《きのう》の夜《よる》のことが、そしてプラネタリウムでの発言《はつげん》が思《おも》い出《だ》されて思《おも》わず身構《みがま》えてしまう。

夜斗君《やとくん》はそんな私《わたし》を見《み》てクックツと笑《わら》った。

「こんなところでなんにもしねえよ」

「こんなところじゃなくてもなんにもしちゃダメ！」

「それは約束《やくそく》できないな」

「夜斗君《やとくん》⁉」

「ふはっ」

思《おも》わず声《こえ》をあげた私《わたし》に、夜斗君《やとくん》は堪《こら》えきれないとばかりに噴《ふ》き出《だ》した。

「ふ、ふふ……夏希《なつき》はホント可愛《かわい》いな」

「夜斗君《やとくん》、私《わたし》のことからかってるでしょ」

「からかってなんかないって。素直《すなお》に、想像《そうぞう》どおりの反応《はんのう》してくれるなって思《おも》ってるだけ」

「おもちゃかなんかだと間違《まちが》ってない……？」

不服《ふふく》さを隠《かく》すことなく目《め》を細《ほそ》めて夜斗君《やとくん》を見《み》る。

けれどそんな私《わたし》の態度《たいど》さえ夜斗君《やとくん》のツボに入《はい》ってしまったようで、目尻《めじり》にうっすらと溜《た》まった涙《なみだ》を細長《ほそなが》い指先《ゆびさき》で拭《ぬぐ》っていた。

「思《おも》ってないよ。夏希《なつき》は俺《おれ》の大事《だいじ》な花嫁《はなよめ》さんだからな」

花嫁《はなよめ》、さん……。

その言葉《ことば》に、ドキドキしていた気持《きも》ちがふっと冷静《れいせい》になった。

夜斗君《やとくん》は私《わたし》のことを花嫁《はなよめ》だと言《い》うけれど、その言葉《ことば》に私《わたし》を好《す》きだという気持《きも》ちが込《こ》められていないんじゃないかと私《わたし》は思《おも》っていた。

たまたま眼力《がんりき》が効《き》かない相手《あいて》が私《わたし》だっただけだ。

他《ほか》の人《ひと》が効《き》かなかったら、きっとその人《ひと》を『花嫁《はなよめ》』と呼《よ》んでいたはずだ。

私《わたし》のことを大事《だいじ》にしてくれるのは花嫁《はなよめ》だから。

そう自分《じぶん》に言《い》い聞《き》かせないと、勘違《かんちが》いしてしまいそうになる。夜斗君《やとくん》が、本当《ほんとう》に私《わたし》のことを好《す》きなんじゃないかって。

「ねえ、夏希《なつき》」

列《れつ》の先《さき》に視線《しせん》を向《む》けていた夜斗君《やとくん》が、私《わたし》の方《ほう》を見《み》た。

「このあとデートしよっか」

「デッ……デートッ!?」

「そう。せっかくふたりで出《で》かけたんだ。もう少《すこ》し一緒《いっしょ》にいたいと思《おも》って。プラネタリウムはデートじゃないって夏希《なつき》言《い》ってただろ？　だから、ここから先《さき》はちゃんとデートとして出《で》かけたいんだけど、どう？」

そんなふうに思《おも》ってくれるのは嬉《うれ》しい、けど。

ふたりっきりで一緒《いっしょ》にいる時間《じかん》が長《なが》くなれば、誰《だれ》かに見《み》つかる可能性《かのうせい》も高《たか》くなってしまう。

「それは……」

「夏希《なつき》は、俺《おれ》とデート、したくない？」

「うっ」

悲《かな》しげに目《め》を伏《ふ》せられてしまうと、胸《むね》の中《なか》で罪悪感《ざいあくかん》が大《おお》きくなる。

「そういう、わけじゃないけど」

拒絶《きょぜつ》することもできず、もごもごと口《くち》の中《なか》で言《い》う私《わたし》の手《て》を取《と》ると、夜斗君《やとくん》はエレベーター待《ま》ちの列《れつ》を抜《ぬ》けた。

「ちょ、ちょっと」

「いいから、いいから。もう少《すこ》しだけ俺《おれ》に付《つ》き合《あ》ってよ。ね？」

私《わたし》の手《て》を掴《つか》んだまま、夜斗君《やとくん》は少《すこ》しだけ強引《ごういん》に歩《ある》いていく。チラッと振《ふ》り返《かえ》ると、私《わたし》たちが並《なら》んでいた場所《ばしょ》はすでに後《うし》ろの人《ひと》に詰《つ》められ、もう一度《いちど》並《なら》ぶとすると一番後《いちばんうし》ろからになるのがわかった。

「……しょうがないなぁ」

今《いま》から並《なら》び直《なお》すのも面倒《めんどう》くさい。

それならエスカレーターで降《お》りていったほうがいい。そのついでにいろんなお店《みせ》を見《み》て回《まわ》るのもいいか、と思《おも》った。それだけだ。

「別《べつ》に夜斗君《やとくん》とデートしたいとか、そういうわけじゃないんだからね」

言《い》い訳《わけ》がましく呟《つぶや》いた私《わたし》の言葉《ことば》に、夜斗君《やとくん》はニヤッと笑《わら》った。

「俺《おれ》、そういうのなんていうか知《し》ってる」

「そういうの？」

何《なに》が言《い》いたいのかわからず、エスカレーターに乗《の》りながら私《わたし》は首《くび》を傾《かし》げた。

「そ。夏希《なつき》みたいなのを『ツンデレ』っていうんだろ？」

「なっ、そんなんじゃないから！」

「はいはい、わかってるって。あー、夏希《なつき》とデート、楽《たの》しいな」

「だからデートじゃない！」

私《わたし》の抗議《こうぎ》の声《こえ》なんて聞《き》こえていないかのように夜斗君《やとくん》は楽《たの》しそうに笑《わら》うと、エスカレーターの踊《おど》り場《ば》へと降《お》り立《た》ち私《わたし》に手《て》を伸《の》ばした。

「行《い》こっか」

私《わたし》は——ためらいつつも頷《うなず》いて夜斗君《やとくん》の手《て》を取《と》った。


私《わたし》たちは各階《かくかい》にあるフロアを見《み》て回《まわ》った。

雑貨《ざっか》、雑誌《ざっし》、文具《ぶんぐ》に洋服《ようふく》。普段《ふだん》はお母《かあ》さんと見《み》て回《まわ》るお店《みせ》を夜斗君《やとくん》と一緒《いっしょ》に見《み》るのはなんだかくすぐったいような変《へん》な感《かん》じだった。

「これなんか夏希《なつき》に似合《にあ》うんじゃないか？」

洋服《ようふく》を見《み》れば、夜斗君《やとくん》は私《わたし》が好《す》きそうな服《ふく》を持《も》ってきてくれる。シンプルなのに可愛《かわい》いその服《ふく》はとっても私好《わたしごの》みだった。でも。

「わ、ホントだ。すごく可愛《かわい》い！」

可愛《かわい》いけれど、その分値段《ぶんねだん》は結構《けっこう》する。

お小遣《こづか》いで買《か》えないほどではなかったけれど、その金額《きんがく》を使《つか》ってでも買《か》いたいかと考《かんが》えたときに、答《こた》えはノーだった。

「でもやめとくよ」

「なんでだよ。似合《にあ》うと思《おも》うけど？」

純粋《じゅんすい》に言《い》ってくれているのがわかるから困《こま》ってしまう。

「うーん、ちょっと高《たか》いかなって」

苦笑《にがわら》いを浮《う》かべてそう言《い》った私《わたし》に、夜斗君《やとくん》は一瞬考《いっしゅんかんが》えるような表情《ひょうじょう》を浮《う》かべたあと、パッと顔《かお》を輝《かがや》かせた。

「なら俺《おれ》が買《か》ってやるよ」

名案《めいあん》とばかりに夜斗君《やとくん》は言《い》うけれど、その申《もう》し出《で》を受《う》け取《と》るわけにはいかなかった。

「ダメだよ、こんなに高《たか》いもの買《か》ってもらえない」

「なんでだよ。別《べつ》にこれぐらいならどうってことねえよ」

「夜斗君《やとくん》にはどうってことなくても、私《わたし》にはあるの！　それに欲《ほ》しいものがあったら自分《じぶん》で買《か》うよ」

私《わたし》の言葉《ことば》に、夜斗君《やとくん》は納得《なっとく》できないとばかりに不服《ふふく》そうな表情《ひょうじょう》を浮《う》かべたけれど、すぐに切《き》り替《か》えるように明《あか》るく言《い》う。

「じゃあ他《ほか》のところも見《み》に行《い》こうぜ」

頷《うなず》く私《わたし》の手《て》を引《ひ》き、他《ほか》のフロアをひとつずつ見《み》て回《まわ》った。

途中《とちゅう》、文房具《ぶんぼうぐ》を売《う》っているお店《みせ》でとても綺麗《きれい》なシャープペンを見《み》つけた。

小《ちい》さな天球儀《てんきゅうぎ》がついたそのシャープペンはとても綺麗《きれい》で可愛《かわい》い。なのに、それほどまでに高《たか》くないそのシャープペンは人気商品《にんきしょうひん》なのか、棚《たな》には一本《いっぽん》しか残《のこ》っていなかった。

すごく可愛《かわい》いけれど、実《じつ》はシャープペンはつい数日前《すうじつまえ》に買《か》ったばかりだった。

もう一本《いっぽん》増《ふ》やすのもありだとは思《おも》うけれど、そんなに必要《ひつよう》かと問《と》われたら絶対《ぜったい》に必要《ひつよう》だと答《こた》えられる自信《じしん》はなかった。

「〜〜っ」

私《わたし》は手《て》に取《と》ったシャープペンを、そっと棚《たな》に戻《もど》した。

「それも買《か》わないのか？」

夜斗君《やとくん》は不思議《ふしぎ》そうに尋《たず》ねる。

「いいなって思《おも》ったけど、シャープペンはいっぱいあるからいっかなって思《おも》って」

「ふーん？」

眉《まゆ》をひそめながら、夜斗君《やとくん》は私《わたし》が棚《たな》に戻《もど》したシャープペンをジッと見《み》つめていた。

そのあとも、いろんなお店《みせ》を見《み》て回《まわ》るごとに夜斗君《やとくん》は私《わたし》に何《なに》かを買《か》ってくれようとする。

曖昧《あいまい》に断《ことわ》り続《つづ》けるたびに、夜斗君《やとくん》の機嫌《きげん》が悪《わる》くなっていくのがわかった。

カフェに入《はい》って注文《ちゅうもん》をしたものの、向《む》かいの席《せき》に座《すわ》る夜斗君《やとくん》は不機嫌《ふきげん》そうに窓《まど》の外《そと》を見《み》ていた。原因《げんいん》はわかっている。

きちんと自分《じぶん》の思《おも》っていることを伝《つた》えない私《わたし》が悪《わる》いのだ。

「夜斗君《やとくん》、あのね」

おずおずと切《き》り出《だ》すと、夜斗君《やとくん》は顔《かお》は窓《まど》の外《そと》を向《む》いたまま視線《しせん》だけ私《わたし》の方《ほう》へと向《む》けた。

「何《なに》」

「その、怒《おこ》ってる、よね」

「怒《おこ》ってる」

「だよね。……ごめんなさい」

素直《すなお》に謝《あやま》ると、夜斗君《やとくん》は何《なに》かを考《かんが》えるように目《め》を閉《と》じ、それからこちらに顔《かお》を向《む》けた。

「あのさ、夏希《なつき》は俺《おれ》に何《なに》かを買《か》ってもらうのがいやなの？」

ストレートな夜斗君《やとくん》の言葉《ことば》に、思《おも》わず口《くち》ごもりそうになる。

でも、まっすぐ見《み》つめてくる夜斗君《やとくん》の姿《すがた》に、私《わたし》もきちんと向《む》き合《あ》おうと思《おも》った。

「夜斗君《やとくん》に、ってわけじゃなくて。さっきも言《い》ったとおり、欲《ほ》しいものは自分《じぶん》で買《か》いたいの」

黙《だま》ったままの夜斗君《やとくん》は、話《はなし》の続《つづ》きを促《うなが》しているように見《み》えた。

「そりゃあお小遣《こづか》いがいっぱいあるわけじゃないから、欲《ほ》しくても買《か》えないものだってもちろんあるよ。でも、だからこそ限《かぎ》られたお金《かね》の中《なか》で本当《ほんとう》に欲《ほ》しいものだけを買《か》いたいの。お小遣《こづか》いじゃ足《た》りないならちゃんと貯《た》めて、それから買《か》いたいって思《おも》ってる」

変《へん》なところで頑固《がんこ》だという自覚《じかく》はあった。

お母《かあ》さんには『可愛《かわい》げがない』と言《い》われたこともある。

もちろんどうしても必要《ひつよう》なもので、お母《かあ》さんやお父《とう》さんに買《か》ってもらったものだってあった。

けど、自分《じぶん》が本当《ほんとう》に欲《ほ》しいものだけでも、自分《じぶん》のお金《かね》で買《か》って、大切《たいせつ》にしたかった。

うまく伝《つた》わったか不安《ふあん》で、視線《しせん》だけ夜斗君《やとくん》に向《む》けた。夜斗君《やとくん》は何《なに》かを考《かんが》えるような表情《ひょうじょう》を浮《う》かべていた。

「やっぱり変《へん》、かな」

自分《じぶん》でも、もっと柔軟《じゅうなん》に考《かんが》えればいいということはわかっている。

別《べつ》に誰《だれ》かからもらったとしても、大切《たいせつ》にしないわけじゃない。

今《いま》までだって友人《ゆうじん》たちから誕生日《たんじょうび》プレゼントに小物《こもの》をもらったことはあった。それだって今《いま》も大切《たいせつ》に取《と》ってある。

私《わたし》のことを思《おも》って選《えら》んでくれたプレゼントはどんなものでも嬉《うれ》しかったし、かけがえのないものだった。

でも、さっきみたいなのは何《なに》かが違《ちが》う気《き》がした。

私《わたし》が喜《よろこ》ぶからと無駄《むだ》にお金《かね》を使《つか》おうとするのは好《す》きじゃない。

それが愛情《あいじょう》だという人《ひと》もいるかもしれないけれど、手当《てあ》たり次第《しだい》に選《えら》ばれたものは、きっと贈《おく》る相手《あいて》は私《わたし》じゃなくてもいいはずだから。

面倒《めんどう》くさい考《かんが》え方《かた》だな、とつい自虐的《じぎゃくてき》に笑《わら》ってしまいそうになった。けれど、それより早《はや》く夜斗君《やとくん》は口《くち》を開《ひら》く。

「別《べつ》に、変《へん》だとは思《おも》わねえけど」

「え？」

あまりにも意外《いがい》な言葉《ことば》が返《かえ》ってきて、思《おも》わず声《こえ》を出《だ》してしまっていた。

「えってなんだよ」

「ご、ごめん」

苦笑《にがわら》いを浮《う》かべる夜斗君《やとくん》に謝《あやま》りながら曖昧《あいまい》な笑《え》みを浮《う》かべた。

――変《へん》だとは思《おも》わない。

夜斗君《やとくん》の言葉《ことば》が脳内《のうない》によみがえる。

「変《へん》じゃない、って言《い》った……？」

聞《き》き間違《まちが》いなのでは、そんな疑問《ぎもん》はすぐに吹《ふ》っ飛《と》んでいった。

「言《い》った。俺《おれ》にはなかった考《かんが》え方《かた》だけど、だからといって変《へん》なわけじゃないと俺《おれ》は思《おも》ってる」

「夜斗君《やとくん》……」

ホッとした。椅子《いす》に座《すわ》っていなければ、今《いま》すぐ椅子《いす》から下《お》りて全力《ぜんりょく》で拝《おが》んでいたはずだ。

「本当《ほんとう》に欲《ほ》しいものを買《か》って大切《たいせつ》にするってことだろ。すごくいいと思《おも》うよ」

「そう言《い》ってもらえると嬉《うれ》しい」

えへへ、と笑《わら》ってみせると、夜斗君《やとくん》は眩《まぶ》しそうに目《め》を細《ほそ》めた。

「夏希《なつき》といると、新《あたら》しい考《かんが》えを知《し》ることができる。夏希《なつき》はすごいな」

「そんなことないよ」

すごいと言《い》われるようなことなんてなにひとつとしてしていないし言《い》っていない。それでも夜斗君《やとくん》は『夏希《なつき》はすごいよ』と言《い》ってくれる。

「夏希《なつき》はいつも俺《おれ》に新《あたら》しい考《かんが》え方《かた》を教《おし》えてくれる」

「夜斗君《やとくん》に……？」

そっと夜斗君《やとくん》の目《め》を見《み》る。

人《ひと》の気持《きも》ちと行動《こうどう》を変《か》えることのできる眼力《がんりき》を持《も》つ夜斗君《やとくん》にとって、誰《だれ》かの気持《きも》ちを変《か》えることなんてお手《て》のもので、それを咎《とが》める人《ひと》も周《まわ》りにはいなかったはずだ。

「価値観《かちかん》が、近《ちか》い人《ひと》と一緒《いっしょ》にいるほうがいいんじゃないの？　その、眼力《がんりき》が効《き》かないから、なんて言《い》わずにさ」

思《おも》わず尋《たず》ねた言葉《ことば》に、夜斗君《やとくん》はふっと笑《え》みを浮《う》かべた。

「価値観《かちかん》は同《おな》じじゃないから楽《たの》しいんだよ」

「どういう……」

「全《まった》く同《おな》じ考《かんが》え方《かた》をする人《ひと》しか周《まわ》りにいなければ、そこで何《なに》もかもが停滞《ていたい》してしまうからね」

わかるように言《い》ってくれているはずなのに難《むずか》しくて、どういう意味《いみ》なのか全然理解《ぜんぜんりかい》できなかった。

「まあ、だから夏希《なつき》と一緒《いっしょ》にいるのは楽《たの》しいって、そういう意味《いみ》だよ」

ふわっと柔《やわ》らかい笑《え》みを夜斗君《やとくん》は浮《う》かべる。その表情《ひょうじょう》があまりにも綺麗《きれい》で視線《しせん》を奪《うば》われた。


それから夜斗君《やとくん》といろんなお店《みせ》をただ見《み》て回《まわ》った。

最初《さいしょ》こそ『欲《ほ》しいものはないのか？』なんてしつこくならない程度《ていど》に尋《たず》ねてきてたけれど、次第《しだい》にそれもなくなりただふたりであーでもないこーでもないと笑《わら》い合《あ》うだけの時間《じかん》が流《なが》れていった。それはそんなに悪《わる》いものではなかった。

ようやく自宅《じたく》に帰《かえ》り着《つ》いたのは、十七時《じゅうしちじ》を少《すこ》し過《す》ぎた頃《ころ》だった。

家《いえ》に入《はい》ると、待《ま》っていたかのようにエプロン姿《すがた》のお母《かあ》さんがキッチンから顔《かお》を出《だ》した。

「おかえりなさい、夜斗君《やとくん》」

「あ、ただいま戻《もど》りました」

私《わたし》に何《なに》か声《こえ》をかけることなく、にこやかに夜斗君《やとくん》へと声《こえ》をかける母親《ははおや》はいつもどおりだった。

でも、夜斗君《やとくん》はそんな状況《じょうきょう》をどこか居心地悪《いごこちわる》そうにしていた。

「どうだった？　楽《たの》しかったかしら？」

「はい、とても楽《たの》しかったです。ね、夏希《なつき》」

私《わたし》に話《はなし》を振《ふ》ってくれる夜斗君《やとくん》はとても優《やさ》しい。

「うん、楽《たの》しかったよ」

お母《かあ》さんに届《とど》いてほしくて飛《と》びきりの笑顔《えがお》を向《む》ける。でも。

「夜斗君《やとくん》に迷惑《めいわく》なんてかけてないでしょうね」

「……うん、大丈夫《だいじょうぶ》だよ」

「ならよかったわ」

お母《かあ》さんは夜斗君《やとくん》には優《やさ》しいけれど、私《わたし》にはいつもグチグチと口《くち》うるさい。

それは夜斗君《やとくん》が来《く》る前《まえ》からそうだったから、もう気《き》にならない――と言《い》ったら嘘《うそ》になる。

私《わたし》には素《そ》っ気《け》ない態度《たいど》を取《と》るのに、夜斗君《やとくん》には機嫌良《きげんよ》く話《はな》している。

そんな姿《すがた》を見《み》ると、チクリと胸《むね》が痛《いた》み、モヤモヤとした感情《かんじょう》が心《こころ》の中《なか》にわき上《あ》がる。

でも、それでも機嫌《きげん》が悪《わる》いよりはいいと思《おも》ってしまう自分《じぶん》がいた。

コンコンというノックの音《おと》が聞《き》こえたのは、寝《ね》る準備《じゅんび》を終《お》えて宿題《しゅくだい》をしているときだった。私《わたし》の返事《へんじ》を待《ま》ってドアが開《ひら》く。そこにはパジャマ姿《すがた》の夜斗君《やとくん》がいた。

「どうしたの？」

黙《だま》ったままの夜斗君《やとくん》に尋《たず》ねると、何《なに》かを私《わたし》に差《さ》し出《だ》した。

それは小《ちい》さな紙袋《かみぶくろ》だった。

「その、別《べつ》にそんなに高《たか》いやつじゃないし、気《き》に入《い》るかわかんないけど」

促《うなが》されて紙袋《かみぶくろ》を開《あ》けると、中《なか》には私《わたし》が買《か》うか悩《なや》んでやめたあの天球儀《てんきゅうぎ》がついたシャープペンが入《はい》っていた。

「夏希《なつき》、それ見《み》てるとき、すごくキラキラした顔《かお》をしてて」

「え……？」

夜斗君《やとくん》の言葉《ことば》に、私《わたし》は驚《おどろ》いた。

「夏希《なつき》は買《か》わないって決《き》めて棚《たな》に戻《もど》してたけど、俺《おれ》はそれをどうしても夏希《なつき》にプレゼントしたかった。それを見《み》てたときの夏希《なつき》の表情《ひょうじょう》がすごくきれいだったから」

私《わたし》が悩《なや》んでいたとき、夜斗君《やとくん》がそんなことを考《かんが》えてくれていたなんて思《おも》ってもみなかった。

「いらないって決《き》めたのはわかってる。欲《ほ》しいものは自分《じぶん》で買《か》いたいっていう夏希《なつき》の気持《きも》ちもわかった上《うえ》で、その、俺《おれ》のワガママなんだ。夏希《なつき》に、そのシャープペンを持《も》っていてほしいと思《おも》って」

夜斗君《やとくん》の優《やさ》しさが、重《かさ》ねられる言葉《ことば》とともに伝《つた》わってくる。

「ダメ、かな」

手《て》の中《なか》のシャープペンに視線《しせん》を落《お》とす。

お店《みせ》で見《み》たときも可愛《かわい》くてキラキラと輝《かがや》いて見《み》えた。けど今《いま》はもっと綺麗《きれい》で輝《かがや》いて見《み》える。

それはきっと、夜斗君《やとくん》がどんな気持《きも》ちでこれを選《えら》んでくれたかが伝《つた》わってくるから。

「夜斗君《やとくん》」

名前《なまえ》を呼《よ》ぶと夜斗君《やとくん》が不安《ふあん》そうに私《わたし》を見《み》た。

だから私《わたし》は笑顔《えがお》を夜斗君《やとくん》に向《む》ける。

「すっごく嬉《うれ》しい。これ、大事《だいじ》にするね」

「ホントか!?」

「うん、ありがとう」

プレゼントされたのは私《わたし》なのに、私《わたそ》以上《いじょう》に夜《や》

斗《と》君《くん》は嬉《うれ》しそうな表情《ひょうじょう》を見《み》せた。
夜《や》斗《と》君《くん》が出《で》ていったあと、私《わたし》はプレゼントしてもらった天球儀《てんきゅうぎ》をペンケースに入《い》れた。
想《おも》いのこもったシャープペンは、キラキラと輝《かがや》いて見《み》えた。

第《だい》四章《しょう》 吸血鬼《ヴァンパイア》なカレとふたりきりの夜《よる》

パラパラと窓《まど》を叩《たた》く雨音《あまおと》を聞《き》きながら、私《わたし》は手元《てもと》の日誌《にっし》の空欄《くうらん》を埋《う》めていた。

いつの間《ま》にか、夜斗君《やとくん》と一緒《いっしょ》に暮《く》らすようになってから一《いっ》か月《げつ》が経《た》った。

あのとき、五月《ごがつ》にしては暑《あつ》すぎるぐらい晴《は》れていたはずの空《そら》は、六月《ろくがつ》になって少《すこ》し早《はや》い梅雨《つゆ》入《い》りのせいでどんよりと曇《くも》っている。

そのせいか、私《わたし》の気分《きぶん》もどこか晴《は》れずにいた。

「はぁ」

「ん？　どうした？」

ガランとした教室《きょうしつ》で、ひとつ前《まえ》の席《せき》から振《ふ》り返《かえ》り涼真君《りょうまくん》が私《わたし》に尋《たず》ねた。

「雨《あめ》だなーって思《おも》って、ちょっと憂鬱《ゆううつ》になってた」

「わかる。雨《あめ》のせいで部活《ぶかつ》が休《やす》みになるし、ホントいやになる」

テニス部《ぶ》に所属《しょぞく》している涼真君《りょうまくん》は、普段《ふだん》ならこの時間《じかん》はテニスコートにいるか運動場《うんどうじょう》を走《はし》っていた。

「今日《きょう》は廊下《ろうか》で筋《きん》トレとかやらないんだ？」

「野球部《やきゅうぶ》が試合前《しあいまえ》だからってそっち優先《ゆうせん》。くそー、身体《からだ》動《うご》かしたい！」

椅子《いす》の上《うえ》でジタバタとする涼真君《りょうまくん》に、私《わたし》は手元《てもと》の日誌《にっし》を差《さ》し出《だ》した。

「暇《ひま》なら日誌《にっし》書《か》いてくれてもいいんだよ」

「えー。俺《おれ》、字汚《じきたな》いし」

「大丈夫《だいじょうぶ》だって。綺麗《きれい》に書《か》けなくても丁寧《ていねい》に書《か》けばいいんだよ」

「丁寧《ていねい》に、ねえ」

渋々《しぶしぶ》日誌《にっし》を受《う》け取《と》ると、涼真君《りょうまくん》は私《わたし》に向《む》かって手《て》を広《ひろ》げる。

「シャープペン、貸《か》して」

「自分《じぶん》の使《つか》いなよね」

ペンケースを手渡《てわた》すと、涼真君《りょうまくん》は中《なか》から天球儀《てんきゅうぎ》のついたシャープペンを取《と》り出《だ》した。

「あっ、それはダメ！」

思《おも》わず奪《うば》い取《と》ってしまった私《わたし》に、涼真君《りょうまくん》は驚《おどろ》いたように目《め》を丸《まる》くした。

「な、なんだよ」

「ごめん。その、これじゃないのだったらどれ使《つか》ってもいいよ」

へへっと笑《わら》ってみせるけれど、涼真君《りょうまくん》は私《わたし》を不審《ふしん》そうに見《み》る。そりゃそうだよね。自分《じぶん》でも今《いま》の態度《たいど》はおかしいって思《おも》うもん。

でもどうしてかわからないけど、このシャープペンはダメって思《おも》っちゃった。

不服《ふふく》そうにしながらも、涼真君《りょうまくん》はペンケースから別《べつ》のシャープペンを取《と》り出《だ》した。

黙《だま》ったまま日誌《にっし》に授業内容《じゅぎょうないよう》を書《か》いていく涼真君《りょうまくん》に、私《わたし》はホッと息《いき》を吐《は》き出《だ》した。

カリカリと、紙《かみ》にペン先《さき》が引《ひ》っかかる音《おと》だけが聞《き》こえてくる。


「なあ」

ふいに、涼真君《りょうまくん》が言《い》った。

「最近《さいきん》よくあいつと一緒《いっしょ》にいるけど、大丈夫《だいじょうぶ》なのか？」

あいつ、というのが誰《だれ》を指《さ》しているかなんて、聞《き》かなくてもわかった。

夜斗君《やとくん》のことだ。

休《やす》み時間《じかん》も昼休《ひるやす》みも、いつも夜斗君《やとくん》が会《あ》いに来《き》ている状況《じょうきょう》を大丈夫《だいじょうぶ》、とは言《い》いにくかった。

笑《わら》ってごまかそうとするけれど、涼真君《りょうまくん》は日誌《にっし》から顔《かお》を上《あ》げて私《わたし》を見《み》つめた。

「大丈夫《だいじょうぶ》じゃないなら、ちゃんと俺《おれ》に言《い》えよ」

心配《しんぱい》してくれているのがひしひしと伝《つた》わってくる。

「ありがとね」

そう答《こた》えると涼真君《りょうまくん》はシャープペンの頭《あたま》を顎《あご》に当《あ》て、考《かんが》えるように黙《だま》ったあと口《くち》を開《ひら》いた。

「あの、さ」

「どうしたの？」

歯切《はぎ》れの悪《わる》い涼真君《りょうまくん》に、私《わたし》は首《くび》を傾《かし》げる。涼真君《りょうまくん》は「あー」とか「うー」とか言《い》っていたかと思《おも》うと、まっすぐにこちらを見《み》た。

「あいつと付《つ》き合《あ》ってんの？」

「あいつって……」

「だから、夜斗《やと》ってやつと」

「つ、付《つ》き合《あ》ってなんかないよ！」

付《つ》き合《あ》ってはいない。それは嘘《うそ》じゃない。

慌《あわ》てて否定《ひてい》する私《わたし》に、涼真君《りょうまくん》は納得《なっとく》していないように言葉《ことば》を続《つづ》けた。

「前《まえ》に、花嫁《はなよめ》とかなんとか言《い》ってただろ」

「あ、あれは」

そういえば聞《き》かれてしまっていたんだった。あれ以来《いらい》、何《なに》も言《い》われなかったから特《とく》に気《き》にしていないのかと思《おも》っていたけれど。

涼真君《りょうまくん》の表情《ひょうじょう》を見《み》ると、気《き》にしていないようには見《み》えなかった。

「あれは、その、夜斗君《やとくん》がふざけて言《い》っただけで」

「でもずいぶん仲《なか》が良《よ》さそうだったじゃん。『夜斗君《やとくん》』なんて呼《よ》んじゃってさ」

「それは……」

拗《す》ねたような口調《くちょう》の涼真君《りょうまくん》にどうしていいかわからなくなる。

どうして怒《おこ》っているのかも、なんで怒《おこ》られているのかもわからない。

おろおろとする私《わたし》をよそに、涼真君《りょうまくん》は真面目《まじめ》なトーンで言《い》った。

「兄貴《あにき》のことはもういいのかよ」

「そ、れは……」

首《くび》をギュッと締《し》められたみたいに、息《いき》ができなくなる。忘《わす》れたと思《おも》っていても、忘《わす》れたいと願《ねが》っていても存在《そんざい》を思《おも》い出《だ》すだけでこんなにも苦《くる》しくなる。

黙《だま》り込《こ》んでしまった私《わたし》の向《む》かいで、涼真君《りょうまくん》がガシガシと頭《あたま》をかいた。

「悪《わる》い」

ポツリと呟《つぶや》いた言葉《ことば》に、私《わたし》は小《ちい》さく首《くび》を横《よこ》に振《ふ》った。

冬真君《とうまくん》は涼真君《りょうまくん》のお兄《にい》さんで、私《わたし》たちの三《みっ》つ年上《としうえ》だった。

今《いま》、冬真君《とうまくん》は県外《けんがい》の全寮制《ぜんりょうせい》の高校《こうこう》に通《とお》っているからほとんど会《あ》うことはないけど、大切《たいせつ》な幼《おさな》馴染《なじ》みだ。

優《やさ》しくてカッコよくてとっても素敵《すてき》で、私《わたし》は小《ちい》さな頃《ころ》から冬真君《とうまくん》のことが大好《だいす》きだった。

幼馴染《おさななじ》みとしても、ひとりの男《おとこ》の子《こ》としても。でも、それをよく思《おも》わない女《おんな》の子《こ》もいて、そのせいで……。

「せっかく元気《げんき》になったのに、また夏希《なつき》がしんどい思《おも》いをするんじゃないかって心配《しんぱい》で」

冬真君《とうまくん》とのことで色々《いろいろ》あったとき、涼真君《りょうまくん》にはすごく心配《しんぱい》をかけた。

自分《じぶん》の部屋《へや》から出《で》てこられなくなった私《わたし》のために、隣《となり》の家《いえ》の窓《まど》から毎日《まいにち》顔《かお》を出《だ》して私《わたし》がカーテンを開《あ》けるまで呼《よ》びかけ続《つづ》けてくれたり、美味《おい》しいお菓子《かし》やおもしろい漫画《まんが》を持《も》ってきてくれたりとずっと私《わたし》のことを気《き》にかけてくれていた。

「心配《しんぱい》、してくれてありがとう」

あの頃《ころ》の私《わたし》を知《し》っている涼真君《りょうまくん》だからこそ、誰《だれ》よりも今《いま》の状況《じょうきょう》を心配《しんぱい》してくれているのだと思《おも》う。

優《やさ》しい幼馴染《おさななじ》みに、はにかみながらお礼《れい》を言《い》うと、涼真君《りょうまくん》は「別《べつ》に」とだけ言《い》って横《よこ》を向《む》いてしまう。

冬真君《とうまくん》のことが完全《かんぜん》に思《おも》い出《で》になったかと言《い》われると、正直《しょうじき》まだ思《おも》い出《だ》すと胸《むね》の奥《おく》が重《おも》く苦《くる》しくなることもある。

好《す》きな気持《きも》ちがなくなったからじゃなくて、冬真君《とうまくん》の周《まわ》りの子《こ》たちからの嫌《いや》がらせから逃《に》げる形《かたち》で、好《す》きを捨《す》てた恋《こい》だったたから。

でも、いつの間《ま》にか、ほんの少《すこ》しずつだけれどつらかった気《き》持《も》ちも好《す》きだった気《き》持《も》ちも薄《うす》れていっている気《き》がするのは、もしかしたら夜斗君《やとくん》のおかげ、なのかもしれない。

日誌《にっし》を書《か》き終《お》えて涼真君《りょうまくん》とふたり、並《なら》んで家《いえ》までの道《みち》のりを歩《ある》く。

小学校《しょうがっこう》の頃《ころ》は、こうやってよく一緒《いっしょ》に帰《かえ》っていたけれど、中学生《ちゅうがくせい》になってからは涼真君《りょうまくん》が部《ぶ》活《かつ》を始《はじ》めたこともあり、めっきりと減《へ》ってしまった。

紺色《こんいろ》の傘《かさ》を差《さ》して私《わたし》の隣《となり》を歩《ある》く涼真君《りょうまくん》は、黄色《きいろ》い傘《かさ》を差《さ》していたあの頃《ころ》よりずいぶんと大人《おとな》びた顔《かお》つきをしている。

「たまにはうちに遊《あそ》びに来《こ》いよな。母《かあ》さんも『最近《さいきん》、夏希《なつき》ちゃん来《こ》ないわね』って寂《さび》しがってたからさ」

自宅《じたく》が見《み》えてきた頃《ころ》、涼真君《りょうまくん》はさりげなく、どうってことなさそうに言《い》う。でも、その耳《みみ》が少《すこ》し赤《あか》くなっているのが見《み》えた。

こういうところは昔《むかし》から変《か》わっていない。

優《やさ》しいのにどこか不器用《ぶきよう》な涼真君《りょうまくん》。何事《なにごと》もスマートにこなしてしまう冬真君《とうまくん》とは正反対《せいはんたい》だけれど、言葉《ことば》の裏《うら》に込《こ》められた優《やさ》しさを私《わたし》は知《し》っていた。

「うん、また遊《あそ》びに行《い》くね。おばさんの作《つく》ってくれるタルト、また食《た》べたいなぁ」

「言《い》っといてやるよ。母《かあ》さん、きっとすっごく喜《よろこ》ぶから」

「ふふ、ありがとね」

それじゃあ、と手《て》を振《ふ》り合《あ》って涼真君《りょうまくん》は青《あお》い屋根《やね》の、私《わたし》はその隣《となり》にある自分《じぶん》の家《いえ》にそれぞれ入《はい》った。

「ただいま――」

「遅《おそ》い」

玄関《げんかん》のドアを開《あ》けた私《わたし》を夜斗君《やとくん》が待《ま》ち構《かま》えていて、慌《あわ》てて家《いえ》の中《なか》に飛《と》び込《こ》みドアを閉《し》めた。

バタンという音《おと》がやけに大《おお》きく聞《き》こえる。いつもより家《いえ》がシンとしている気《き》がした。

「遅《おそ》い」

同《おな》じ言葉《ことば》をもう一度《いちど》言《い》うと、夜斗君《やとくん》は一段高《いちだんたか》いところから私《わたし》を見下《みお》ろした。

「二年《にねん》はもうとっくに帰《かえ》ってる時間《じかん》だろう。どうして七時間目《ななじかんめ》があった俺《おれ》より帰《かえ》ってくるのが遅《おそ》いんだ」

「それは……」

日誌《にっし》を書《か》き終《お》えたあと、雨《あめ》が強《つよ》くなってきたのもあって雨宿《あまやど》りがてら涼真君《りょうまくん》と教室《きょうしつ》で話《はな》し込《こ》んでいたのだ。

たしかに何度《なんど》かチャイムが鳴《な》っていたけれど、まさか三年生《さんねんせい》よりも遅《おそ》かったなんて。

「俺《おれ》は一秒《いちびょう》でも早《はや》くお前《まえ》に会《あ》いたくて急《いそ》いで帰《かえ》ってきたというのに」

夜斗君《やとくん》は目《め》を細《ほそ》めると、私《わたし》をジッと見《み》つめた。

「ご、ごめんね。日直《にっちょく》の仕事《しごと》があって」

別《べつ》に言《い》い訳《わけ》をする必要《ひつよう》なんてないはずなのに、冷《つめ》たそうに見《み》える視線《しせん》の向《む》こうにどことなく置《お》いていかれた子犬《こいぬ》を感《かん》じてしまい、つい聞《き》かれていないことまで話《はな》してしまう。

「雨《あめ》がいっぱい降《ふ》ってきたから、弱《よわ》くなるまで待《ま》ってたんだ」

「……濡《ぬ》れなかったのか？」

「うん、大丈夫《だいじょうぶ》だったよ」

「なら許《ゆる》す。お前《まえ》が風邪《かぜ》を引《ひ》くほうが嫌《いや》だからな」

拗《す》ねたような口調《くちょう》が、柔《やわ》らかくなる。心配《しんぱい》してくれる気持《きも》ちが伝《つた》わってきて、照《て》れくさい。

「人間《にんげん》はすぐに体調《たいちょう》を崩《くず》すからな」

リビングに向《む》かいながら、夜斗君《やとくん》はひとりごとのように言《い》う。

「吸血鬼《ヴァンパイア》はそんなことないの？」

気《き》になって尋《たず》ねると、夜斗君《やとくん》は振《ふ》り返《かえ》ることなく答《こた》える。

「全《まった》くないかと言《い》われるとそんなことはないが、人間《にんげん》よりははるかに頑丈《がんじょう》にできているな」

「でも、初《はじ》めて会《あ》ったとき倒《たお》れてなかったっけ？」

シャッターにもたれかかりながら倒《たお》れ込《こ》んでいた夜斗君《やとくん》の姿《すがた》を思《おも》い出《だ》す。あのときの夜斗君《やとくん》は顔色《かおいろ》も悪《わる》く息《いき》も絶《た》え絶《だ》えだったように思《おも》う。

「あれは……その、あまりにも太陽《たいよう》の光《ひかり》が強《つよ》かったからな」

「前《まえ》に言《い》ってたよね。太陽《たいよう》の光《ひかり》が苦手《にがて》だって。でも今《いま》だって日傘差《ひがさ》してない日《ひ》もあるでしょ？」

実《じつ》は不思議《ふしぎ》に思《おも》っていた。倒《たお》れるほどに太陽《たいよう》の光《ひかり》が苦手《にがて》なのに、どうして通学《つうがく》は普通《ふつう》にできているんだろうって。

ソファーに座《すわ》る夜斗君《やとくん》の隣《となり》に腰《こし》を下《お》ろす。どうやらお母《かあ》さんはまだ仕事《しごと》から帰《かえ》ってきていないようだった。

「あー、あの日《ひ》はあまりにも暑《あつ》くて。途中《とちゅう》で水《みず》を頭《あたま》から被《かぶ》ってしまったんだ」

「水《みず》を？　あ、でもたしかに部活《ぶかつ》してる男子《だんし》とかよくそういうことやってるかも」

放課後《ほうかご》、水道《すいどう》で頭《あたま》から水《みず》を被《かぶ》っているところを何度《なんど》か見《み》たことがある。でも、それと暑《あつ》さに倒《たお》れたのとどういう関係《かんけい》があるんだろう？

「そのせいで、日焼《ひや》け止《ど》めが落《お》ちた」

「日焼《ひや》け止《ど》めが？」

意外《いがい》な単語《たんご》が夜斗君《やとくん》から出《で》てきて思《おも》わず復唱《ふくしょう》してしまう。

「夜斗君《やとくん》、日焼《ひや》け止《ど》めなんて使《つか》ってたんだ？」

「当《あ》たり前《まえ》だ。何《なん》の対策《たいさく》もせずに日《ひ》の下《した》に出《で》てみろ。俺《おれ》たち吸血鬼《ヴァンパイア》はあっという間《ま》に動《うご》けなくなってしまうぞ」

「そ、そうなんだ」

たしか物語《ものがたり》の中《なか》に出《で》てくる吸血鬼《ヴァンパイア》は日《ひ》の光《ひかり》が苦手《にがて》で、日《ひ》に当《あ》たれば灰《はい》になってしまう。みたいな設定《せってい》があったけれど、まさか現実《げんじつ》の吸血鬼《ヴァンパイア》も日《ひ》の光《ひかり》が苦手《にがて》で、それを克服《こくふく》するために日焼《ひや》け止《ど》めクリームを使《つか》っていたなんて想像《そうぞう》もしなかった。

「昔《むかし》は昼間《ひるま》は外《そと》に出《で》ることもできなかったらしいが、今《いま》の時代《じだい》に生《う》まれた俺《おれ》たちは恵《めぐ》まれている——なんてそんなことは今《いま》どうでもいい」

ずいっと身体《からだ》を私《わたし》の方《ほう》に寄《よ》せると、一気《いっき》に夜斗君《やとくん》の顔《かお》が私《わたし》に近《ちか》づいた。

「なっ」

「俺《おれ》が待《ま》っている間《あいだ》、ずいぶんと隣《となり》の家《いえ》のガキと仲良《なかよ》さそうにしていたな」

「隣《となり》のって……涼真君《りょうまくん》？」

「ふん、名前《なまえ》なんて興味《きょうみ》ない。ただ俺《おれ》を待《ま》たせておいて他《ほか》の男《おとこ》と仲良《なかよ》さそうにしているのは気《き》に入《い》らない」

不機嫌《ふきげん》そうに夜斗君《やとくん》は言《い》う。そんなに怒《おこ》られるようなことをしたつもりはないけれど。と、考《かんが》えてふと私《わたし》はひとつの考《かんが》えに思《おも》い至《いた》った。

「もしかして、夜斗君《やとくん》。……ヤキモチ？」

目《め》の前《まえ》で、夜《や》斗《と》君《くん》の形《かたち》の良《よ》い眉《まゆ》が少《すこ》しだけ歪《ゆが》んだ。ムッとした表情《ひょうじょう》は苛《いら》立《だ》ったものに変《か》わる。

「な、なんてね」

怒《おこ》らせた、と思《おも》った私《わたし》は反射的《はんしゃてき》に取《と》り消《け》した。けれど。

「……花嫁《はなよめ》が他《ほか》の男《おとこ》と一緒《いっしょ》にいるところを見《み》て、気分《きぶん》の良《よ》い男《おとこ》なんていない」

「え……？」

それは、つまり、本当《ほんとう》に……。

「だいたい夏希《なつき》は隙《すき》が多《おお》すぎる。他《ほか》の男《おとこ》と話《はな》すな。笑《わら》いかけるな」

「そ、そんな無茶《むちゃ》な」

できるわけないことを言《い》われて私《わたし》は困《こま》り果《は》ててしまう。

でも、そんなふうに思《おも》うほど私《わたし》のことを大事《だいじ》に思《おも》ってくれているんだと思《おも》うと、少《すこ》しだけ夜《や》斗《と》君《くん》のことが可愛《かわい》くさえ思《おも》えてくる。

「ふふ……」

つい笑《わら》ってしまった私《わたし》に、夜《や》斗《と》君《くん》は眉《まゆ》をひそめた。

「何《なに》を笑《わら》ってるんだ」

「ご、ごめ」

「どうやら夏希《なつき》はお仕《し》置《お》きされたいようだな」

そう言《い》ったかと思《おも》うと、夜斗君《やとくん》は私《わたし》の首筋《くびすじ》に唇《くちびる》を寄《よ》せた。

「なっ、まっ」

「待《ま》たない」

そのまま首筋《くびすじ》に唇《くちびる》を落《お》とすと、夜斗君《やとくん》は私《わたし》の首筋《くびすじ》にそっと舌《した》を這《は》わせた。

「んっ……」

「可愛《かわい》いな」

「やっ、ダ、ダメ……！」

首筋《くびすじ》に軽《かる》く、歯先《はさき》が触《ふ》れた。その瞬間《しゅんかん》——部屋《へや》の中《なか》に、軽快《けいかい》なメロディが響《ひび》いた。

「電話《でんわ》、だ」

「電話《でんわ》だな」

夜斗君《やとくん》の身体《からだ》が私《わたし》から離《はな》れた。私《わたし》は慌《あわ》ててソファーの端《はし》まで後《あと》ずさると、ポケットに入《い》れていたスマホを取《と》り出《だ》した。そこには『お母《かあ》さん』と表示《ひょうじ》されていた。

「も、もしもし！」

電話《でんわ》に出《で》た私《わたし》にお母《かあ》さんは一方的《いっぽうてき》に用件《ようけん》を話《はな》し、そして電話《でんわ》は切《き》れた。

「おばさん？」

電話《でんわ》を終《お》えた私《わたし》に夜斗君《やとくん》が尋《たず》ねたのでコクンと頷《うなず》いた。

「なんか雨《あめ》がひどすぎて電車《でんしゃ》が止《と》まっちゃったんだって。帰《かえ》れるとは思《おも》うけど、遅《おそ》くなりそうだから先《さき》にご飯食《はんた》べておいてもいいって」

言《い》いながら窓《まど》の外《そと》に視線《しせん》を向《む》けると、たしかに私《わたし》が帰《かえ》ってきたときよりもずいぶんと雨《あめ》はひどくなっていた。

「待《ま》っててもいいって言《い》われたけど」

「無理《むり》。腹減《はらへ》った」

「だよね。うーん、何《なに》か注文《ちゅうもん》するのもありだけど今《いま》からだと遅《おそ》くなるし、私《わたし》なにか作《つく》るよ」

ソファーから立《た》ち上《あ》がり、キッチンへと向《む》かう。冷蔵庫《れいぞうこ》を開《あ》けて中《なか》を覗《のぞ》いていると、すぐ後《うし》ろに夜斗君《やとくん》が立《た》つ。

「夏希《なつき》、料理《りょうり》できるのか？」

「んー、簡単《かんたん》なものならね。夜斗君《やとくん》、炒飯好《チャーハンす》き？」

「夏希《なつき》が作《つく》ってくれるものならなんでも好《す》きだ」

「もう、そんなこと言《い》って口《くち》に合《あ》わなくても知《し》らないよ？」

そう言《い》ってみせるものの、夜斗君《やとくん》の言葉《ことば》がなんとなく嬉《うれ》しくてつい口元《くちもと》がほころぶ。

幸《さいわ》い、ご飯《はん》はお母《かあ》さんが炊《た》いていってくれてたおかげで手早《てばや》く炒飯《チャーハン》を作《つく》ることができた。ついでに豆腐《とうふ》とワカメの中華《ちゅうか》スープも作《つく》れば十分《じゅうぶん》だろう。

「夜斗君《やとくん》、これテーブルに並《なら》べてもらってもいい？」

私《わたし》が料理《りょうり》を作《つく》る姿《すがた》をずっと覗《のぞ》き込《こ》んでいた夜《や》斗君《とくん》に、お皿《さら》に盛《も》り付《つ》けたふたつの炒飯《チャーハン》を手渡《てわた》した。

「わかった」

素直《すなお》に頷《うなず》くと夜斗君《やとくん》はお願《ねが》いしたとおり、テーブルにお皿《さら》と、ついでに中華《ちゅうか》スープも並《なら》べてくれる。

向《む》かい合《あ》わせにふたり並《なら》んで、私《わたし》たちは炒飯《チャーハン》を頬張《ほおば》った。

「美味《うま》い！」

ひとくち食《た》べた夜斗君《やとくん》は、驚《おどろ》いたように目《め》を見開《みひら》いた。

「ホント？　よかったぁ」

安心《あんしん》して私《わたし》もひとくち食《た》べる。お母《かあ》さんほど

上手《じょうず》にはできないけれど、まあまあ及第点《きゅうだいてん》ではあると思《おも》うし、なにより夜斗君《やとくん》が美味《おい》しいと言《い》っているのだから大丈夫《だいじょうぶ》なはずだ。

「な、美味《うま》いだろ？」

作《つく》ったのは私《わたし》のはずが、夜斗君《やとくん》は自分《じぶん》のことのように嬉《うれ》しそうにしていた。

「夏希《なつき》は料理《りょうり》が得意《とくい》なのか？」

スプーンに乗《の》せた炒飯《チャーハン》を口《くち》に運《はこ》びながら夜斗君《やとくん》は尋《たず》ねた。

「得意《とくい》ってわけじゃないけど……でも、作《つく》るのは好《す》きだったよ」

もうずいぶんと作《つく》っていなかったけれど、たしか。

「バターチキンカレーとかコロッケとかあとは……」

つい言葉《ことば》を濁《にご》してしまう。けれどそんな私《わたし》の態度《たいど》に夜斗君《やとくん》が気《き》づくことはない。それに安心《あんしん》しながら、話題《わだい》を逸《そ》らすように私《わたし》は夜斗君《やとくん》に尋《たず》ねた。

「夜斗君《やとくん》は何《なに》か好《す》きな食《た》べ物《もの》ってある？」

「オムライス！」

言《い》い終《お》わらないうちに、食《く》い気味《ぎみ》に夜斗君《やとくん》は言《い》う。その言《い》い方《かた》が可愛《かわい》くてつい笑《わら》ってしまう。

「なんだよ、小《ちい》さな子《こ》どもみたいって言《い》いたいのか？」

不服《ふふく》そうに口《くち》をとがらせる夜斗君《やとくん》の口振《くちぶ》りは拗《す》ねているように聞《き》こえた。

「そんなことないって。オムライス美味《おい》しいよね」

取《と》り繕《つくろ》うように言《い》うけれど、夜《や》斗《と》君《くん》は信《しん》じていないようで疑《うたが》うように目《め》を細《ほそ》めた。

「ホントに思《おも》ってるか？」

「思《おも》ってるよ！」

疑《うたが》い深《ふか》く言《い》ったあと、夜《や》斗《と》君《くん》はふんっと鼻《はな》をならした。

「じゃあ、今度《こんど》オムライス作《つく》ってくれたら信《しん》じてやる」

「いいよ、約束《やくそく》！」

「絶対《ぜったい》だからな！」

念《ねん》を押《お》したかと思《おも》うと、夜《や》斗《と》君《くん》は自分《じぶん》の小指《こゆび》を私《わたし》の前《まえ》にずいっと出《だ》した。

一瞬《いっしゅん》、意味《いみ》がわからなくて夜《や》斗《と》君《くん》を見《み》ると、まっすぐに私《わたし》を見《み》ている。それでようやく指切《ゆびき》りだと思《おも》い至《いた》って、小指《こゆび》を差《さ》し出《だ》した。

夜《や》斗《と》君《くん》の小指《こゆび》を絡《から》まり合《あ》う。触《ふ》れた箇所《かしょ》が熱《あつ》くて、ドキドキしてしまう。


「――そういえば」

夕食《ゆうしょく》を食《た》べ終《お》え、ふたり並《なら》んで洗《あら》い物《もの》をしていると夜《や》斗《と》君《くん》が思《おも》い出《だ》したように口《くち》を開《ひら》いた。

「夏希《なつき》はお菓子《かし》は作《つく》らないのか？」

それはきっと何《なん》の気《き》なしに言《い》った言葉《ことば》だと思《おも》う。料理《りょうり》ができるんだからお菓子《かし》も作《つく》れるのでは、みたいなそんな軽《かる》い問《と》いかけだ。

けれど夜斗君《やとくん》の言葉《ことば》に私《わたし》の肩《かた》はビクッと震《ふる》えた。

「えっと、お菓子《かし》、は……」

ドクドクと心臓《しんぞう》の音《おと》がうるさい。

「お菓子作《かしづく》りは、苦手《にがて》なんだ」

にへらっと笑《わら》うと、私《わたし》は手《て》に持《も》ったお皿《さら》についた泡《あわ》を洗《あら》い流《なが》した。

「ふーん？　料理《りょうり》があんなに上手《じょうず》なんだから、お菓子作《かしづく》りも得意《とくい》そうなのにな」

「そうかな？　あ、そうだ。苦手《にがて》といえば、夜斗君《やとくん》って苦手《にがて》な食《た》べ物《もの》ってある？」

洗《あら》い終《お》わったお皿《さら》を手渡《てわた》すと、タオルで拭《ふ》きながら夜斗君《やとくん》は眉間《みけん》に皺《しわ》を寄《よ》せた。

「苦手《にがて》、か。強《し》いて言《い》えば、トマトかな」

「トマト？　サラダに入《はい》ってるようなの？　それともジュースがダメ？」

「どっちもだ。昔《むかし》、トマトにハマっていた時期《じき》があって、そのとき毎食《まいしょく》どころかおやつにもトマトを食《た》べていたら、食《た》べすぎたらしくダメになった」

「えー、好《す》きなものを食《た》べすぎてダメになるなんてあるの？　飽《あ》きたとかじゃなくて？」

「今《いま》じゃ見《み》るのも嫌《いや》なぐらいだ。そういう夏希《なつき》は？　苦手《にがて》なものはあるのか？」

拭《ふ》き終《お》わったお皿《さら》を片付《かたづ》けながら夜斗君《やとくん》は尋《たず》ねた。

「んー、私《わたし》は辛《から》いものが苦手《にがて》かな。すぐお腹痛《なかいた》くなっちゃって」

「ああ、辛《から》いのは俺《おれ》も得意《とくい》じゃない。以前《いぜん》、カレー屋《や》で一番辛《いちばんから》いのにチャレンジしたら口《くち》が腫《は》れたことがあって」

「なんでそんなチャレンジしようとしたの⁉」

理解《りかい》できなくて首《くび》を振《ふ》る私《わたし》を夜斗君《やとくん》は笑《わら》う。そんな夜斗君《やとくん》につられるようにして私《わたし》も笑《わら》った。

こんなふうに家族以外《かぞくいがい》の誰《だれ》かと自宅《じたく》で笑《わら》い合《あ》うのは久《ひさ》しぶりだった。

両親《りょうしん》が共働《ともばたら》きだったので、小学校高学年《しょうがっこうこうがくねん》になる頃《ころ》には鍵《かぎ》っ子《こ》だった。

今日《きょう》みたいにトラブルがあってお母《かあ》さんが遅《おそ》くなる日《ひ》は、ひとりでご飯《はん》を食《た》べることも少《すく》なくなかった。

もっと小《ちい》さな頃《ころ》は、お隣《となり》に住《す》む涼真君《りょうまくん》の家《いえ》に行《い》ってご飯《はん》を食《た》べさせてもらうこともあったけれど、数年前《すうねんまえ》からはそれもなくなった。

そんなことを話《はな》していたら夜斗君《やとくん》が反応《はんのう》した。

「隣《となり》ってことは今日一緒《きょういっしょ》に帰《かえ》ってきたやつか」

私《わたし》は素直《すなお》に頷《うなず》いた。今《いま》なら話《はな》せる気《き》がする。

「そう。涼真君《りょうまくん》と、それから三《みっ》つ年上《としうえ》の冬真君《とうまくん》っていう涼真君《りょうまくん》のお兄《にい》ちゃんがいて、ちっちゃな頃《ころ》はよく三人《さんにん》で遊《あそ》んでたんだ。ご飯《はん》もふたりの家《いえ》で食《た》べさせてもらってて……」

名前《なまえ》を口《くち》にすれば、懐《なつ》かしい気持《きも》ちがブワッと呼《よ》び起《お》こされる。『夏希《なつき》ちゃん』と優《やさ》しく呼《よ》んでくれる冬真君《とうまくん》の声《こえ》が好《す》きだった。『しょうがないな』って笑《わら》う困《こま》ったような冬真君《とうまくん》の表情《ひょうじょう》が大好《だいす》きだった。

「仲《なか》が良《よ》かったんだけど……」

その先《さき》を言《い》うことができなくて黙《だま》り込《こ》んでしまう。

思《おも》い出《で》にしてしまうには、私《わたし》の心《こころ》についた傷《きず》はまだ大《おお》きなかさぶたとなって残《のこ》っていた。

「じゃあ、今《いま》は俺《おれ》がいるから大丈夫《だいじょうぶ》だな」

暗《くら》くなってしまった私《わたし》とは反対《はんたい》に、夜斗君《やとくん》は明《あか》るい声《こえ》で言《い》った。

「え……？」

俯《うつむ》いてしまっていた顔《かお》を上《あ》げると、隣《となり》で夜斗君《やとくん》は柔《やわ》らかい笑《え》みを浮《う》かべていた。

「だってそうだろう？　何《なに》かあっても俺《おれ》と一緒《いっしょ》にご飯《はん》を食《た》べればいい。もうひとりでなんて食《た》べる必要《ひつよう》はない」

当《あ》たり前《まえ》だとばかりに言《い》う夜斗君《やとくん》の言葉《ことば》が嬉《うれ》しくて、まだ痛《いた》むかさぶたに柔《やわ》らかく被《かぶ》さっていく。

「そうだろ？」

夜斗君《やとくん》の言葉《ことば》に、私《わたし》は頷《うなず》く。

「そうだね。夜斗君《やとくん》がいるもんね」

素直《すなお》に言《い》った私《わたし》に、夜斗君《やとくん》は満足《まんぞく》そうに笑《わら》ってみせる。

強引《ごういん》で、俺《おれ》の嫁《よめ》なんて言《い》ってくる夜斗君《やとくん》だけど、一緒《いっしょ》にいるとホッとするし心強《こころづよ》い。

あたたかくて、いつも俯《うつむ》いていた私《わたし》の顔《かお》が自然《しぜん》と前《まえ》を向《む》くのを感《かん》じる。

この気持《きも》ちは、いったい——。

「それにしても」

私《わたし》が自分《じぶん》の心《こころ》に問《と》いかけていると、隣《となり》に立《た》つ夜斗君《やとくん》が何《なに》かを思《おも》いついたかのように声《こえ》をあげた。

「こうしていると、新婚《しんこん》みたいだな」

「なっ……!」

突拍子《とっぴょうし》もない夜斗君《やとくん》の言葉《ことば》に思《おも》わず顔《かお》が熱《あつ》くなる。

「何《なに》言《い》って……!」

「ん？　夏希《なつき》、スマホ鳴《な》ってないか？」

ドギマギとする私《わたし》をよそに、夜斗君《やとくん》は視線《しせん》をテーブルへと向《む》けた。水《みず》を止《と》めて視線《しせん》を向《む》けると、たしかに私《わたし》のスマホが着信《ちゃくしん》を知《し》らせていた。

「お母《かあ》さんかも！」

話題《わだい》が逸《そ》れたことにホッとしながら、私《わたし》は慌《あわ》ててテーブルに向《む》かうと受電《じゅでん》ボタンを押《お》した。

「もしもし、お母《かあ》さん？　うん、え、電車《でんしゃ》の再開《さいかい》が見込《みこ》めない？　それじゃあ私《わたし》たちは……」

話《はなし》を聞《き》きながら、私《わたし》は自分《じぶん》の顔《かお》が熱《あつ》くなったり冷《つめ》たくなったりするのを感《かん》じていた。

「うん、わかった。伝《つた》えておく。うん、じゃあまたね」

話《はなし》を終《お》えたものの、そのまま画面《がめん》をジッと見《み》つめてしまう。

今伝《いまつた》えられたことを夜斗君《やとくん》にも言《い》わなければいけないとわかっているけれど、でもなんて言《い》ったらいいんだろう。

「夏希《なつき》？　おばさんなんだったんだ？」

「……電車《でんしゃ》の再開《さいかい》が見込《みこ》めなくて、今日中《きょうじゅう》には帰《かえ》れないかもって。仕事《しごと》を終《お》えたお父《とう》さんとは合流《ごうりゅう》できたから、近《ちか》くのホテルを取《と》って朝帰《あさかえ》ることにするってお母《かあ》さんが」

「つまり、朝《あさ》まで俺《おれ》たちふたりっきりってことだな」

夜斗君《やとくん》の言葉《ことば》に全身《ぜんしん》が心臓《しんぞう》になったみたいにドキドキと大《おお》きな音《おと》を立《た》て続《つづ》けている。

だってふたりきりなんて、そんな。

「おばさんたちも大変《たいへん》だな」

そう言《い》われて初《はじ》めて、両親《りょうしん》のことよりも自分《じぶん》のことばかり気《き》にしていた私《わたし》がいることに気《き》づいて恥《は》ずかしくなる。そうだよね、誰《だれ》が心配《しんぱい》ってお父《とう》さんとお母《かあ》さんのことを心配《しんぱい》するべきだ。

「そう、だよね」

慌《あわ》てて頭《あたま》の中《なか》から邪《よこしま》な気持《きも》ちを追《お》い払《はら》おうとすると——。

「まあでも、ラッキーだけどな。俺《おれ》からしてみたら」

「え？」

「おかげで夏希《なつき》とふたりだけの時間《じかん》を過《す》ごせるからな」

そう言《い》って笑《わら》った夜斗君《やとくん》に、冷《さ》め始《はじ》めた熱《ねつ》が再《ふたた》び頬《ほお》を熱《あつ》くさせた。


片付《かたづ》けを終《お》え、それぞれお風呂《ふろ》に入《はい》り、私《わたし》たちは並《なら》んでソファーに座《すわ》っていた。テレビにはバラエティ番組《ばんぐみ》が流《なが》れていて番組内《ばんぐみない》でできたカップルの結婚式《けっこんしき》に潜入《せんにゅう》していた。

「花嫁《はなよめ》かぁ」

ふたりでテレビの画面《がめん》を見《み》ているうちに、つい口《くち》をついて出《で》た言葉《ことば》。

「夏希《なつき》と一緒《いっしょ》だな」

「そ、れは」

一緒《いっしょ》のようで私《わたし》とは違《ちが》う。同《おな》じ花嫁《はなよめ》でも、テレビの中《なか》の女《おんな》の人《ひと》は好《す》きな人《ひと》と結《むす》ばれて世界《せかい》で一番幸《いちばんしあわ》せそうな顔《かお》をしている。

じゃあ、私《わたし》は？

花嫁《はなよめ》だって夜斗君《やとくん》に言《い》われて、流《なが》されるままこうやって一緒《いっしょ》にいる私《わたし》は、いったいなんなんだろう。

それに。

「あの、ね」

今《いま》まで聞《き》きたくても聞《き》けなかったことを、私《わたし》は聞《き》いてみることにした。

「花嫁《はなよめ》の条件《じょうけん》って、前《まえ》に夜斗君《やとくん》が言《い》ってた眼力《がんりき》が効《き》かないこと、以外《いがい》にも何《なに》かあるの？」

運命《うんめい》の相手《あいて》がわかる、とかそんな少女漫画《しょうじょまんが》みたいなことを期待《きたい》したわけじゃないけれど、もしかしたら夜斗君《やとくん》にだけわかる何《なに》かとか、惹《ひ》かれるものがあるとか、少《すこ》しぐらいあるのかもしれないと心《こころ》の底《そこ》で思《おも》っていた。でも。

「血《ち》を舐《な》めたらわかる」

「血《ち》……？」

夜斗君《やとくん》の答《こた》えは、私《わたし》が望《のぞ》んでいたものとは違《ちが》っていた。

「そ、っか」

耳《みみ》に聞《き》こえてくる自分《じぶん》の声《こえ》が、想像以上《そうぞういじょう》にガッカリしていて笑《わら》いそうになる。いったいなにを期待《きたい》していたのだろう。なにを望《のぞ》んでいたのだろう。

「私《わたし》に眼力《がんりき》が効《き》かなかったから、花嫁《はなよめ》、なんだよね」

口《くち》にしながら、目《め》の奥《おく》が重《おも》く熱《あつ》くなる。

「ああ、そうだ」

けれど、私《わたし》の表情《ひょうじょう》になんて気《き》づかないのか、夜斗君《やとくん》は淡々《たんたん》と答《こた》えた。

「じゃあもしも、私《わたし》以外《いがい》に眼力《がんりき》が効《き》かない子《こ》が現《あらわ》れたらどうするの？」

「そんなやつが現《あらわ》れるわけがない。花嫁《はなよめ》はこの世《よ》でたったひとりの存在《そんざい》だ」

バッサリと切《き》り捨《す》てる夜斗君《やとくん》に、なおも私《わたし》は食《く》い下《さ》がる。

「もしも、の話《はなし》だよ。もしも現《あらわ》れたら？」

「あり得《え》ないことを話《はな》してどうするんだ」

眉《まゆ》をひそめる夜斗君《やとくん》の視線《しせん》から、私《わたし》は目《め》を逸《そ》らして逃《に》げた。

自分《じぶん》でもどうしてこんなにも食《く》ってかかってしまうのかわからない。

でも、ただ一言《ひとこと》。

『そんなやつが現《あらわ》れたとしても、俺《おれ》の花嫁《はなよめ》はお前《まえ》だけだ』

と、言《い》ってほしかった。眼力《がんりき》が効《き》かないとか血《ち》でわかるとかじゃなくて、夜斗君《やとくん》の花嫁《はなよめ》は私《わたし》なんだって、そう言《い》ってほしかった。

「……っ」

これじゃあまるで、私《わたし》が夜斗君《やとくん》の花嫁《はなよめ》になりたいみたい――。

「夏希《なつき》？」

怪訝《けげん》そうに見《み》えていた夜斗君《やとくん》の瞳《ひとみ》は、私《わたし》を映《うつ》しながら今《いま》は心配《しんぱい》そうに揺《ゆ》れていた。

「わ、たし……」

それ以上何《いじょうなに》も言《い》えなくなって、私《わたし》は立《た》ち上《あ》がった。

「部屋《へや》に戻《もど》るね！」

「お、おい」

「夜斗君《やとくん》も早《はや》めに休《やす》んでね。おやすみなさい」

まだ何《なに》か言《い》いかけた夜斗君《やとくん》を残《のこ》して、私《わたし》は自分《じぶん》の部屋《へや》へと向《む》かった。ベッドに倒《たお》れ込《こ》むと、さっきまでのことが頭《あたま》の中《なか》をぐるぐると回《まわ》り続《つづ》ける。

私《わたし》は夜斗君《やとくん》にどう思《おも》われたいんだろう。

私《わたし》は夜斗君《やとくん》を、どう思《おも》っているんだろう。

そんなことを考《かんが》えているうちに、気《き》づけば眠《ねむ》りの中《なか》へと落《お》ちていた。

暗闇《くらやみ》の中《なか》に眩《まぶ》しいぐらいの光《ひかり》が差《さ》し込《こ》んで目《め》が覚《さ》めた。窓《まど》を叩《たた》きつけるような雨《あめ》の音《おと》をかき消《け》すように、雷《かみなり》の音《おと》が鳴《な》り響《ひび》いた。

「やっ……！」

思《おも》わず布団《ふとん》を頭《あたま》まで被《かぶ》る。大《おお》きな音《おと》は苦手《にがて》だ。私《わたし》に向《む》けられているものじゃなかったとしても、怒鳴《どな》られているような気持《きも》ちになってしまう。

布団越《ふとんご》しでもわかるぐらいにピカッと光《ひか》ったかと思《おも》うと、耳《みみ》をつんざくほどの雷鳴《らいめい》が響《ひび》き渡《わた》った。

その瞬間《しゅんかん》、バチンという音《おと》がして、常夜灯《じょうやとう》をつけていた室内《しつない》が真《ま》っ暗《くら》になった。

「ひっ……う、うう……」

どうしよう、どうしたら……。

「夏希《なつき》！」

バンッとドアを開《あ》ける音《おと》と同時《どうじ》に、部屋《へや》の中《なか》に夜斗君《やとくん》の声《こえ》が響《ひび》いた。

「夏希《なつき》、大丈夫《だいじょうぶ》だから」

布団越《ふとんご》しに夜斗君《やとくん》のぬくもりを感《かん》じた気《き》がした。

ギュッと抱《だ》きしめてくれる夜斗君《やとくん》の腕《うで》の中《なか》は安心《あんしん》できて、ようやく私《わたし》は布団《ふとん》から顔《かお》を出《だ》すことができた。

すぐそばに布団《ふとん》ごと私《わたし》を抱《だ》きしめてくれる夜斗君《やとくん》の姿《すがた》があった。

「夜斗《やと》、くん……」

「大丈夫《だいじょうぶ》か？」

「大《おお》きな音《おと》、怖《こわ》い……」

首《くび》を振《ふ》る私《わたし》の背中《せなか》を、夜斗君《やとくん》は優《やさ》しく撫《な》でてくれる。

「大丈夫《だいじょうぶ》だから。俺《おれ》がそばにいるから」

私《わたし》の頭《あたま》を自分《じぶん》の肩《かた》にもたれさせると、トントンと規則正《きそくただ》しく背中《せなか》を叩《たた》く。

夜斗君《やとくん》のぬくもりがあたたかくて、背中《せなか》を叩《たた》くリズムが心地《ここち》よくて、強《こわ》ばっていた身体《からだ》がほどけていく。

「何《なに》も怖《こわ》くないよ」

「でも、真《ま》っ暗《くら》で何《なに》も見《み》えなくて、怖《こわ》い」

雷《かみなり》のせいで停電《ていでん》してしまったのか、今《いま》も室内《しつない》は暗闇《くらやみ》のままだ。

「大丈夫《だいじょうぶ》。俺《おれ》には全部《ぜんぶ》見《み》えている」

「え？」

「吸血鬼《ヴァンパイア》を舐《な》めるなよ。暗闇《くらやみ》なんてお手《て》のものだ。不安《ふあん》そうな夏希《なつき》の顔《かお》も、ノートを出《だ》しっぱなしにした勉強机《べんきょうづくえ》も、棚《たな》の上《うえ》に置《お》いたぬいぐるみも全部《ぜんぶ》見《み》えてる。だから何《なに》も心配《しんぱい》いらないよ。夏希《なつき》に見《み》えなくても俺《おれ》が代《か》わりに見《み》てやる。怖《こわ》いことから守《まも》ってやる。だから夏希《なつき》は何《なに》も気《き》にするな」

私《わたし》を安心《あんしん》させるように夜斗君《やとくん》は部屋《へや》の様子《ようす》をひとつずつ教《おし》えてくれる。暗闇《くらやみ》で見《み》えない私《わたし》の代《か》わりに、夜斗君《やとくん》が目《め》となってくれている。

「そっか、じゃあ、夜斗君《やとくん》と一緒《いっしょ》ならなにも怖《こわ》くないね」

夜斗君《やとくん》に身体《からだ》を預《あず》ける。ぬくもりが、鼓動《こどう》の音《おと》が心地《ここち》よい。

ずっとこうやっていられたらいいのに。そんなことを思《おも》っているうちに、私《わたし》は眠《ねむ》りについていた。

「ん……」

寝返《ねがえ》りを打《う》とうとしてうまくできず、私《わたし》は目《め》を開《あ》けた。

なにかにぶつかる、というよりはなにかが絡《から》みついていて身動《みうご》きが取《と》れないような。

「って、や、夜斗君《やとくん》!?」

目《め》を開《あ》けた先《さき》にあったのは、夜斗君《やとくん》の寝顔《ねがお》だった。

あとすこし身《み》じろぎすれば、鼻先《はなさき》が触《ふ》れてしまいそうな距離《きょり》に夜斗君《やとくん》はいた。

いったいなんで、どうして……!

「ん、目《め》が覚《さ》めたのか……?」

うっすらと目《め》を開《あ》けながら、夜斗君《やとくん》はふにゃっとした笑顔《えがお》で言《い》う。

そんな可愛《かわい》い笑顔《えがお》を見《み》せたってごまかされないんだから！

「どうして夜斗君《やとくん》が私《わたし》のベッドにいるの!?」

慌《あわ》てて身体《からだ》を離《はな》そうとする私《わたし》をさらに抱《だ》きしめると、夜斗君《やとくん》は心外《しんがい》だとばかりに眉《まゆ》を上《あ》げた。

「どうしてって、昨日《きのう》俺《おれ》のことを離《はな》してくれなかったのは夏希《なつき》だろ？　ギュッと抱《だ》きついて離《はな》さないから一緒《いっしょ》に寝《ね》るしかなかったんだよ」

「昨日《きのう》って……あっ」

その瞬間《しゅんかん》、昨夜《さくや》のことが脳裏《のうり》をよぎる。そうだ、雷《かみなり》のせいで停電《ていでん》して、それで……。

「思《おも》い出《だ》した？」

ニヤッと笑《わら》う夜斗君《やとくん》の腕《うで》の中《なか》からなんとか逃《のが》れると、私《わたし》は壁《かべ》を背《せ》にしてベッドの上《うえ》に座《すわ》った。

「あ、あの、私《わたし》……」

「ふふ、昨日《きのう》の夏希《なつき》、とっても可愛《かわい》かったよ」

「なっ、ば、馬鹿《ばか》！」

「照《て》れてるの？　そんなところも可愛《かわい》い」

「っ〜〜！　も、もう部屋《へや》に戻《もど》って！」

外《そと》はまだ真《ま》っ暗《くら》だったけれど、いつの間《ま》にか消《き》えていたはずの常夜灯《じょうやとう》にはオレンジ色《いろ》の光《ひかり》が戻《もど》っていた。

「えー、俺《おれ》はこのままここで寝《ね》てもいいけど？」

「ダメ！」

「はいはい、俺《おれ》の花嫁《はなよめ》はワガママだな」

クックツと笑《わら》いながら起《お》き上《あ》がると、夜斗君《やとくん》は私《わたし》の部屋《へや》を出《で》ていく。

「あ、そうだ」

ドアを開《あ》けようとして、夜斗君《やとくん》は振《ふ》り返《かえ》った。

「寂《さび》しくなったらいつでも戻《もど》ってきてやるからな」

「ならない！」

「はは、じゃあおやすみ」

手《て》をヒラヒラとさせ、今度《こんど》こそ夜斗君《やとくん》は自分《じぶん》の部屋《へや》へと戻《もど》っていった。

「もう、ホントに夜斗君《やとくん》ってば……」

どこまで本気《ほんき》かわからない軽《かる》い口調《くちょう》でドキドキさせるようなことを言《い》わないでほしい。

夜斗君《やとくん》にとってはどうってことなかったとしても、私《わたし》はどうしていいかわからなくなる。

「本気《ほんき》にしちゃったら、どうしてくれるの……って、何言《なにい》ってるんだろ」

思《おも》わず呟《つぶや》いてしまった言葉《ことば》に、慌《あわ》てて首《くび》を横《よこ》に振《ふ》る。

これじゃあまるで、本気《ほんき》にしたいみたいで、そんなことを考《かんが》えてしまった自分《じぶん》が恥《は》ずかしくなる。

「ね、寝《ね》よう！　うん、そうしよう！」

慌《あわ》てて布団《ふとん》に入《はい》ると、優《やさ》しいあたたかさが私《わたし》を包《つつ》み込《こ》む。

「あ……」

布団《ふとん》のあたたかさではない。これは、夜斗君《やとくん》のぬくもりだ。

「こんなの……」

布団《ふとん》の中《なか》で私《わたし》は自分《じぶん》の身体《からだ》をギュッと抱《だ》きしめる。

「ドキドキして、眠《ねむ》れないよ……」

この気持《きも》ちの名前《なまえ》は、もしかしたら――。


一階《いっかい》から聞《き》こえてくるカチャカチャという音《おと》で目《め》が覚《さ》めた。

寝《ね》たのか寝《ね》てないのかわからないような気怠《けだる》さの中《なか》、目《め》を擦《こす》りながらリビングへ向《む》かうと、いつの間《ま》にか帰《かえ》ってきていたらしいお母《かあ》さんが朝《あさ》ご飯《はん》を作《つく》ってくれていた。

「おはよう。やっと起《お》きたのね」

「お、おはよ。その、なかなか寝《ね》つけなくて」

「もう。さっさと朝《あさ》ご飯《はん》食《た》べちゃってよね。片付《かたづ》かないでしょ」

お母《かあ》さんに促《うなが》されるまま食卓《しょくたく》の椅子《いす》に座《すわ》ると、先《さき》に起《お》きていたらしい夜斗君《やとくん》が朝《あさ》ご飯《はん》を食《た》べ終《お》わるところだった。

「おはよう、夏希《なつき》。よく眠《ねむ》れた?」

ニッコリと笑《わら》うその裏《うら》に『ドキドキして眠《ねむ》れなかったんじゃないの?』と言《い》われているような気《き》がして、私《わたし》は慌《あわ》てて頷《うなず》いた。

「おはよ! も、もちろんだよ。あのあとぐっすり寝《ね》ちゃって、なんなら寝《ね》すぎて寝坊《ねぼう》しちゃったぐらいだよ」

「へえ」

信《しん》じているのかいないのか、わからないような表情《ひょうじょう》で夜斗君《やとくん》は笑《わら》う。

「そっか、ぐっすり眠《ねむ》れたんだ。そのわりには眠《ねむ》そうだけど?」

「そんなこと!」

「まあ眠《ねむ》れたならよかった。ああ、そうだ。夏希《なつき》?」

おいでおいでと手招《てまね》きをする夜斗君《やとくん》に私《わたし》は顔《かお》を近《ちか》づけた。

「なに……」

私《わたし》の口《くち》に自分《じぶん》の人差《ひとさ》し指《ゆび》を当《あ》てると、夜斗君《やとくん》は口《くち》の端《はし》をあげ、ふっと笑《え》みを浮《う》かべた。

「昨日《きのう》のことは、おばさんたちには内緒《ないしょ》だよ」

「なっ……！　い、言《い》うわけないでしょ！」

思《おも》わず立《た》ち上《あ》がり、声《こえ》を荒《あら》らげてしまった私《わたし》をキッチンからお母《かあ》さんが咎《とが》めた。

「夏希《なつき》！　何《なに》を大声出《おおごえだ》してるの！」

「だ、だって」

「だってじゃないでしょ！　ったく、あなたってば本当《ほんとう》に……」

顔《かお》をしかめてブツブツと言《い》うお母《かあ》さんに、私《わたし》はしょんぼりして椅子《いす》に座《すわ》り直《なお》す。

理不尽《りふじん》に怒《おこ》られて、悲《かな》しくなってくる。涙《なみだ》がにじみそうになって俯《うつむ》いた私《わたし》の耳《みみ》に、夜斗君《やとくん》の声《こえ》が聞《き》こえた。

「ごめんなさい、俺《おれ》がいじわる言《い》っちゃったからなんです。だから夏希《なつき》を怒《おこ》らないであげてください」

「あら？　そうなの？」

夜斗君《やとくん》の言葉《ことば》に、お母《かあ》さんの声色《こわいろ》が変《か》わった。

「はい。夏希《なつき》の反応《はんのう》が可愛《かわい》くて、言《い》いすぎちゃいました」

「そういうことなら、まあ。でもふたりがそんなに仲良《なかよ》くなってくれて嬉《うれ》しいわ。ふふ、夏希《なつき》も怒《おこ》っちゃってごめんなさいね」

機嫌《きげん》が良《よ》くなったお母《かあ》さんは、私《わたし》のご飯《はん》を運《はこ》びながら鼻歌《はなうた》まで歌《うた》っている。

怒《おこ》るとなかなか直《なお》らないお母《かあ》さんの機嫌《きげん》を、こうも簡単《かんたん》に直《なお》してしまうなんて夜斗君《やとくん》ってすごい……。

「ありがと……」

お母《かあ》さんに聞《き》こえないように小《ちい》さな声《こえ》でお礼《れい》を言《い》うと、夜斗君《やとくん》は優《やさ》しく微笑《ほほえ》んだ。

「俺《おれ》のせいで夏希《なつき》が怒《おこ》られるのは嫌《いや》だからね」

「もとはといえば夜斗君《やとくん》のせいだけどね？」

「ん？　まあそれはそれ、これはこれってことで」

コーヒーを飲《の》み干《ほ》すと、夜斗君《やとくん》はリビングをあとにした。

私《わたし》が一緒《いっしょ》に住《す》んでいることをバレないようにしてほしいとお願《ねが》いしたから、本来出《ほんらいで》なければいけない時間《じかん》よりも早《はや》く、夜斗君《やとくん》は家《いえ》を出《で》ていく。

優《やさ》しいのかいじわるなのかわからないけれど、でも。

夜斗君《やとくん》と一緒《いっしょ》にいると心《こころ》の奥《おく》がポカポカする。そんな気《き》がした。

幕間《まくあい》 眠《ねむ》る花嫁《はなよめ》の横顔《よこがお》に

ベッドで眠《ねむ》っている夏希《なつき》のそばに座《すわ》ると、俺《おれ》の腕《うで》を夏希《なつき》がギュッと掴《つか》んだ。

「大丈夫《だいじょうぶ》だよ」

雷《かみなり》に怯《おび》えたまま眠《ねむ》りについた夏希《なつき》の頭《あたま》をそっと撫《な》でると、少《すこ》しだけ表情《ひょうじょう》が柔《やわ》らかくなった。

「可愛《かわい》いな」

思《おも》わず笑《わら》ってしまう。

まさか自分《じぶん》がこんな感情《かんじょう》を抱《いだ》くようになるなんて思《おも》ってもみなかった。

まだ続《つづ》く稲光《いなびかり》で部屋《へや》の中《なか》が明《あか》るくなり、まるで鏡《かがみ》のように窓《まど》ガラスが俺《おれ》の顔《かお》を映《うつ》し出《だ》す。

自分《じぶん》で言《い》うのもなんだけど、整《ととの》った顔立《かおだ》ちをしていると思《おも》う。幼稚園《ようちえん》の頃《ころ》から女《おんな》の子《こ》たちは俺《おれ》の取《と》り合《あ》いをしていたし、バレンタインデーは毎年《まいとし》たくさんのチョコレートをもらっている。

まあ、良《よ》いことばかりじゃなかったけど。

変質者《へんしつしゃ》に誘拐《ゆうかい》されそうになったことも一度《いちど》や二度《にど》じゃない。知《し》らない女《おんな》の子《こ》がストーカーみたいにつきまとってきたこともあった。友達《ともだち》だと思《おも》っていたやつから、夜斗《やと》といると女《おんな》の子《こ》が寄《よ》ってくるから一緒《いっしょ》にいるんだと、露骨《ろこつ》に言《い》われたこともある。

そういうのを繰《く》り返《かえ》すうちに、結局《けっきょく》みんな俺《おれ》じゃなくて俺《おれ》の顔《かお》を見《み》ているんだって気《き》づいた。顔《かお》が良《よ》ければ俺《おれ》じゃなくてもいい。俺《おれ》のことを好《す》きだって言《い》ったって、俺《おれ》が何《なに》を考《かんが》えているかとか、何《なに》が好《す》きかとかなんにも興味《きょうみ》がない。

そんなの本当《ほんとう》に好《す》きだって言《い》えるのかよ。俺《おれ》は俺《おれ》の顔《かお》を好《す》きだって言《い》うやつを絶対《ぜったい》に好《す》きになんてならない。

ずっとそう思《おも》っていた。

「や……と、く……」

「ん？　夏希《なつき》？　って、寝言《ねごと》か」

目《め》を閉《と》じたまま俺《おれ》の名前《なまえ》を呼《よ》ぶ夏希《なつき》に思《おも》わず笑《え》みを浮《う》かべる。

吸血鬼《ヴァンパイア》の花嫁《はなよめ》については、子《こ》どもの頃《ころ》からずっと聞《き》かされていた。俺《おれ》の眼力《がんりき》が効《き》かない子《こ》がどこかにひとりいるのだと。その子《こ》の血《ち》を吸《す》えば、俺《おれ》の吸血鬼《ヴァンパイア》としての力《ちから》が大《おお》きくなると。

「夏希《なつき》に会《あ》うのが怖《こわ》かったって言《い》ったら、笑《わら》われるかな」

夏希《なつき》の寝顔《ねがお》を見《み》つめながら、ポツリと呟《つぶや》いた。

この世《よ》にたったひとり、眼力《がんりき》が効《き》かない俺《おれ》の花嫁《はなよめ》。

でも、花嫁《はなよめ》っていってもその辺《へん》にいる女《おんな》の子《こ》と同《おな》じだって諦《あきら》めてた。どうせ俺《おれ》の顔《かお》にしか興《きょう》味《み》がないんだろうって。

だから俺《おれ》は決《き》めていた。花嫁《はなよめ》と出会《であ》ったとしても、好《す》きになんてならないって。力《ちから》が大《おお》きくなるなら、血《ち》だけ吸《す》わせてもらって、それでさよならすればいいって。

でも、出会《であ》ってしまった——。

「初《はじ》めて会《あ》ったときはビックリしたな」

あの日《ひ》、学校帰《がっこうがえ》りにあまりの暑《あつ》さのせいでうずくまっていると、女《おんな》の子《こ》の声《こえ》がした。

ちょうどいい、いつものように眼力《がんりき》を使《つか》って飲《の》み物《もの》でも持《も》ってきてもらおう。そう思《おも》って目《め》を開《あ》けた俺《おれ》は、眼力《がんりき》なんて使《つか》わなくてもひと目《め》でわかってしまった。この子《こ》が花嫁《はなよめ》だって。

どうしてそう思《おも》ったのかなんて今《いま》でもわからない。でも、吸血鬼《ヴァンパイア》としても本能《ほんのう》が夏希《なつき》を求《もと》めていた。この子《こ》が欲《ほ》しいって、この子《こ》の血《ち》を吸《す》いたいってそう求《もと》めていた。

「血《ち》さえ吸《す》わせてもらえればいい。そう思《おも》っていたのに、いつからだろうな。夏希《なつき》の気《き》持《も》ちも欲《ほ》しいって思《おも》うようになったのは」

たぶん、ふたりで初《はじ》めて出《で》かけたプラネタリウムデートのときだと思《おも》う。

一緒《いっしょ》に暮《く》らすようになってからも、夏希《なつき》は俺《おれ》に興味《きょうみ》を持《も》つことはなかった。それどころか平和《へいわ》な学校生活《がっこうせいかつ》を送《おく》りたい、とかいう理由《りゆう》で俺《おれ》がそばにいることを嫌《いや》がった。

それなら、とふたりで出《で》かけることにした。夏希《なつき》のお母《かあ》さんは俺《おれ》と夏希《なつき》が仲良《なかよ》くなることを望《のぞ》んでいたから眼力《がんりき》を使《つか》わなくても思《おも》ったように動《うご》いてくれたしね。

でも、夏希《なつき》だけは全然《ぜんぜん》思《おも》いどおりになってくれなかった。

プレゼントしようとしても買《か》わせてくれないし、欲《ほ》しいものは自分《じぶん》で買《か》うっていうし。

なんだそれって思《おも》ったけど、自分《じぶん》のお金《かね》で本当《ほんとう》に欲《ほ》しいものを買《か》って大切《たいせつ》にしたいっていう夏希《なつき》のスタンスは嫌《きら》いじゃないって思《おも》った。

だから、かな。夏希《なつき》が欲《ほ》しそうに見《み》ていたシャープペンをプレゼントしたいって思《おも》ったのは。

夏希《なつき》は気《き》づいてなかったみたいだけど、シャープペンを見《み》ているときすっごくキラキラとした目《め》をしていた。

なにか理由《りゆう》があって買《か》わないって決《き》めたみたいだけど、もう一度《いちど》あの顔《かお》を俺《おれ》が見《み》たかった。

それに、天球儀《てんきゅうぎ》のついたシャープペンを見《み》るたびに、俺《おれ》とプラネタリウムに行《い》ったことを思《おも》い出《だ》してくれたらいいなって、そう思《おも》った。

でも、受《う》け取《と》ってくれるかは正直不安《しょうじきふあん》だった。だって夏希《なつき》の意思《いし》は固《かた》そうだったし、そうじゃなくてもいらないって言《い》ったものを勝手《かって》に買《か》ったわけだし。

だから、夏希《なつき》が受《う》け取《と》ってくれたときはすごく嬉《うれ》しかった。誰《だれ》かに何《なに》かをあげたいって思《おも》ったのも初《はじ》めてだったし、喜《よろこ》んでもらえたことが嬉《うれ》しいなんて今《いま》まで思《おも》ったこともなかった。

その瞬間《しゅんかん》、気《き》づいたんだ。いつの間《ま》にか夏希《なつき》が花嫁《はなよめ》だから、じゃなくてひとりの女《おんな》の子《こ》として大切《たいせつ》な存在《そんざい》になっていることに。

「なんて、気《き》づいてないんだろうな」

幸《しあわ》せそうに眠《ねむ》る夏希《なつき》の頬《ほお》に指先《ゆびさき》で触《ふ》れるとふにゃっと笑《わら》う。その顔《かお》が可愛《かわい》くて、俺《おれ》も釣《つ》られて笑《わら》った。

「んじゃ、そろそろ俺《おれ》も部屋《へや》に戻《もど》るかな。さすがにこのままここにいるわけにもいかないし」

掴《つか》まれていた腕《うで》をそっと外《はず》すと、俺《おれ》は座《すわ》っていたベッドから立《た》ち上《あ》がった。すると。

「や、だ……。行《い》かないで……」

「夏希《なつき》？」

起《お》こしたかと思《おも》ったけれど、どうやら寝言《ねごと》だったようだ。

「行《い》かないで、なんて言《い》ったら本気《ほんき》にするぞ？」

戻《もど》らなくていいのなら、このまま夏希《なつき》のそばにいたい。

もう一度《いちど》ベッドに戻《もど》ると、今度《こんど》は夏希《なつき》の隣《となり》に寝転《ねころ》んだ。先《さき》ほどと同《おな》じように腕《うで》を掴《つか》まれて、動《うご》けない言《い》い訳《わけ》ができてしまう。

「おやすみ、夏希《なつき》」

君《きみ》が望《のぞ》んでくれるなら、目覚《めざ》めるまでそばにいるよ。

ひとりになんてしないから。だから、いつか。

「俺《おれ》だけの花嫁《はなよめ》になってね」

第《だい》五章《しょう》　吸血鬼《ヴァンパイア》なカレの本心《ほんしん》は……？

ガヤガヤと騒《さわ》がしい教室《きょうしつ》で、一部《いちぶ》の女子《じょし》たちは相変《あいか》わらず夜斗君《やとくん》の話題《わだい》で盛《も》り上《あ》がっている。

とはいえ、夜斗君《やとくん》が転校《てんこう》してきて一《いっ》か月《げつ》以上《いじょう》経《た》った今《いま》となっては、熱狂的《ねっきょうてき》なファンの子《こ》以外《いがい》は憧《あこが》れの先輩《せんぱい》という枠《わく》に落《お》ち着《つ》いてきた気《き》がする。

私《わたし》を訪《たず》ねて夜斗君《やとくん》が来《き》ても、騒《さわ》ぎはあまり起《お》きなくなってきた、と思《おも》う。

そもそも夜斗君《やとくん》が私以外《わたしいがい》には塩対応《しおたいおう》なのもあって、よっぽどのメンタルの持《も》ち主《あるじ》じゃなければ、何度《なんど》もアタックできずにいるというのもある。

それでもチャレンジする人《ひと》はいるもので。

今《いま》も夜斗君《やとくん》は、教室《きょうしつ》の入《い》り口《くち》で女子《じょし》たちに捕《つか》まっていた。

迷惑《めいわく》そうな表情《ひょうじょう》を隠《かく》そうとしない夜斗君《やとくん》と、それに気《き》づいていないわけはないだろうに必死《ひっし》に話《はな》しかける女子《じょし》たち。

そろそろ助《たす》け船《ぶね》を出《だ》したほうがいいかもしれない。露骨《ろこつ》に苛立《いらだ》った表情《ひょうじょう》をし始《はじ》めた夜斗君《やとくん》の姿《すがた》に私《わたし》が立《た》ち上《あ》がろうとすると、後《うし》ろから現《あらわ》れた女子《じょし》がトントンと夜斗君《やとくん》の肩《かた》を叩《たた》いた。

「え……？」

リボンの色《いろ》からして、三年生《さんねんせい》だと思《おも》う。振《ふ》り返《かえ》った夜斗君《やとくん》は、いつもみたいに追《お》い払《はら》う――のかと思《おも》えば、その女子《じょし》と何《なに》かを話《はな》し始《はじ》めた。

意外《いがい》な姿《すがた》に動揺《どうよう》を隠《かく》せない。だって夜斗君《やとくん》がそんなふうに他《ほか》の女子《じょし》と話《はな》しているなんて、初《はじ》めてだったから。

少《すこ》し話《はなし》をしたあと、夜斗君《やとくん》はそのまま私《わたし》の教室《きょうしつ》をあとにした。私《わたし》と話《はなし》をすることなく。

「なんで……」

今《いま》、目《め》にした光景《こうけい》が信《しん》じられなかった。

どうして……。

別《べつ》に私《わたし》と話《はな》さずに教室《きょうしつ》を出《で》ていったって変《へん》じゃない、けど。でも……。

すごく胸《むね》の奥《おく》がモヤモヤする。でも、このモヤモヤの正体《しょうたい》がわからない。

だって、こんなことを気《き》にしてるなんてまるで、私《わたし》が夜斗君《やとくん》のことを好《す》きみたいで……。

「って、違《ちが》う！」

そんなんじゃない。ただ、私《わたし》は夜斗君《やとくん》に花嫁《はなよめ》って言《い》われてる、それだけなんだから。

グチャグチャになった私《わたし》の気持《きも》ちを冷静《れいせい》にさせたのは、周《まわ》りから聞《き》こえてくる女子《じょし》たちの声《こえ》だった。さっきの夜斗君《やとくん》の行動《こうどう》を不思議《ふしぎ》に思《おも》ったのは私《わたし》だけじゃなかったみたいで、クラスの女子《じょし》たちも私《わたし》の方《ほう》に視線《しせん》を向《む》けながらヒソヒソと話《はな》している。

「え、捨《す》てられた？」

「飽《あ》きられたんじゃない？」

「うっわー、かわいそ。惨《みじ》めじゃない？」

聞《き》こえてくるのは、私《わたし》を嘲笑《あざわら》うものばかりで耳《みみ》を覆《おお》いたくなってしまう。

この場所《ばしょ》から逃《に》げ出《だ》してしまいたかった。でも凍《こお》りついたみたいに身体《からだ》が動《うご》かない。

誰《だれ》か、助《たす》けて――。

その瞬間《しゅんかん》、ガタンッという大《おお》きな音《おと》がした。

大《おお》きな音《おと》に驚《おどろ》いたのかコソコソと話《はな》していた声《こえ》は静《しず》まり返《かえ》る。

音《おと》がしたほうを見《み》ると、離《はな》れた席《せき》に座《すわ》っていたはずの涼真君《りょうまくん》が、怒《おこ》ったような表情《ひょうじょう》で机《つくえ》に手《て》をついて立《た》っていた。

さっき聞《き》こえた音《おと》は椅子《いす》がひっくり返《かえ》った音《おと》だったみたい。

ツカツカと私《わたし》のもとに歩《ある》いてくると、涼真君《りょうまくん》は見《み》たこともないような冷《つめ》たくて怒《いか》りを込《こ》めた表情《ひょうじょう》で教室《きょうしつ》を見回《みまわ》した。

「さっきからヒソヒソと。言《い》いたいことがあるなら直接《ちょくせつ》言《い》ったらいいだろ。夏希《なつき》じゃなくて、蒼月先輩自身《あおつきせんぱいじしん》にさ」

「それ、は」

「ねえ……？」

涼真君《りょうまくん》の言葉《ことば》に、先《さき》ほどまで悪意《あくい》をばら撒《ま》いていた女子《じょし》たちが自己保身《じこほしん》を図《はか》るように小声《こごえ》でもごもごと耳打《みみう》ちをし合《あ》う。

「それができないのに、ぶつけやすいからって夏希《なつき》にごちゃごちゃ言《い》うのやめろよ。すっげーダサいから」

教室《きょうしつ》のあちこちから息《いき》を呑《の》む音《おと》が聞《き》こえた。

私《わたし》も思《おも》わず涼真君《りょうまくん》を見《み》つめた。まさかこんなふうに涼真君《りょうまくん》が怒《おこ》るなんて思《おも》わなかった。

「……ごめん」

私《わたし》の視線《しせん》に気《き》づいた涼真君《りょうまくん》は、ポツリと呟《つぶや》いた。

「目立《めだ》ちたくないって言《い》ってたから、黙《だま》ってたんだけど……。でも、我慢《がまん》できなくて」

しょんぼりとする涼真君《りょうまくん》に首《くび》を横《よこ》に振《ふ》った。

涼真君《りょうまくん》は悪《わる》くない。悪《わる》いのは逃《に》げ続《つづ》けた私《わたし》だ。

「私《わたし》の方《ほう》こそ、ごめんなさい。涼真君《りょうまくん》に嫌《いや》な役割《やくわり》をさせちゃった」

「俺《おれ》はいいんだよ。女子《じょし》から何《なに》か言《い》われたって痛《いた》くも痒《かゆ》くもないし。でも夏希《なつき》は違《ちが》うだろ。夏希《なつき》がうまくやるためにいろんなこと我慢《がまん》して押《お》し殺《ころ》してきたこと知《し》ってたのに」

その場《ば》にしゃがみ込《こ》むと、涼真君《りょうまくん》が小《ちい》さな声《こえ》で「俺《おれ》って最悪《さいあく》……」と呟《つぶや》くのが聞《き》こえた。

「最悪《さいあく》なんかじゃないよ。涼真君《りょうまくん》は私《わたし》のことを守《まも》ろうとしてくれたんだから」

小学生《しょうがくせい》のときは私《わたし》よりも身長《しんちょう》が小《ちい》さくて、イタズラっ子《こ》で、いじわるなことをされたこともあって。でも、今《いま》の涼真君《りょうまくん》はまるであの頃《ころ》の冬真君《とうまくん》のように、カッコよくて優《やさ》しくて素敵《すてき》な人《ひと》になっていた。

「本当《ほんとう》にありがとう」

「……ホントに、そう思《おも》ってる？」

「思《おも》ってるよ！」

「ならよかった……」

へへっと笑《わら》う涼真君《りょうまくん》の表情《ひょうじょう》は、小《ちい》さな頃《ころ》から見《み》てきた幼馴染《おさななじ》みの顔《かお》をしていた。

チャイムが鳴《な》って、みんな自分《じぶん》の席《せき》に戻《もど》っていく中《なか》で、涼真君《りょうまくん》は私《わたし》に言《い》った。

「夏希《なつき》も、言《い》われっぱなしになんてならなくていいんだからな」

「うん、ありがと……。ごめんね」

「夏希《なつき》が謝《あやま》ることなんてこれっぽっちもないよ。悪《わる》いのは全部《ぜんぶ》、余計《よけい》な面倒《めんどう》を持《も》ってきた蒼月《あおつき》先輩《せんぱい》なんだから」

「そっか、ふふ、そうかもね」

思《おも》わず笑《わら》ってしまった私《わたし》に、涼真君《りょうまくん》は優《やさ》しい笑《え》みを浮《う》かべる。

その目《め》がなぜか幼馴染《おさななじ》みの涼真君《りょうまくん》じゃなくて、知《し》らない人《ひと》のように見《み》えてドキッとする。

「えっと、あの」

思《おも》わずしどろもどろになって、でも何《なに》か言《い》わなくちゃと口《くち》を開《ひら》く。

「りょ、涼真君《りょうまくん》も何《なに》か困《こま》ったことがあったらいつでも言《い》ってね！　私《わたし》、どんなことでも力《ちから》になるから！」

「なんでも？」

「もちろん！」

私《わたし》の言葉《ことば》に、涼真君《りょうまくん》は——嬉《うれ》しそうに無邪気《むじゃき》な笑《え》みを浮《う》かべた。

「じゃあ、ちょっと付《つ》き合《あ》ってもらおうかな」

「え？」

「あ、先生《せんせい》来《き》たからまたあとで」

それだけ言《い》うと、涼真君《りょうまくん》は自分《じぶん》の席《せき》へと戻《もど》っていった。

私《わたし》は涼真君《りょうまくん》の言《い》った『付《つ》き合《あ》ってもらおうかな』の意味《いみ》が少《すこ》し気《き》になったけれど、授業《じゅぎょう》が始《はじ》まると意識《いしき》の奥底《おくそこ》へと追《お》いやってしまっていた。

放課後《ほうかご》、今日《きょう》からはテスト前《まえ》ということもあり部活《ぶかつ》や委員会活動《いいんかいかつどう》もなくなる。おかげで、いつもなら帰《かえ》りの会《かい》が終《お》われば一気《いっき》に誰《だれ》もいなくなる教室《きょうしつ》に、パラパラと人《ひと》の姿《すがた》があった。

帰宅部《きたくぶ》の私《わたし》はテストだろうがなんだろうがいつもどおりに帰《かえ》るだけ。荷物《にもつ》をまとめると、私《わたし》は教室《きょうしつ》を出《で》ようとする。

「夏希《なつき》、待《ま》ってよ」

背中《せなか》に投《な》げかけられた言葉《ことば》に振《ふ》り返《かえ》ると、そこには涼真君《りょうまくん》の姿《すがた》があった。

「せっかくだし一緒《いっしょ》に帰《かえ》らない？」

「え、あー……」

少《すこ》しためらったのは、夜斗君《やとくん》の拗《す》ねたような顔《かお》を思《おも》い出《だ》したから。どうしようか、と悩《なや》んでいると涼真君《りょうまくん》は声《こえ》のトーンを落《お》とした。

「少《すこ》し、相談《そうだん》したいことがあって」

「相談《そうだん》？」

「うん。ダメ、かな？」

眉《まゆ》を八《はち》の字《じ》にする涼真君《りょうまくん》の表情《ひょうじょう》に、私《わたし》は勢《いきお》いよく頷《うなず》いた。

「ダメなわけがないよ！」

「ホント？　よかった」

夜斗君《やとくん》にはあとで説明《せつめい》すればいいよね。

大事《だいじ》な幼馴染《おさななじ》みのこんな顔《かお》を見《み》て、断《ことわ》るなんて選択肢《せんたくし》は私《わたし》の中《なか》にはなかった。

それに夜斗君《やとくん》だって他《ほか》の女《おんな》の先輩《せんぱい》と一緒《いっしょ》にいたんだし……別《べつ》に……って、今《いま》は夜斗君《やとくん》のことは関係《かんけい》なくって……！

ちくりとした気持《きも》ちを振《ふ》り払《はら》うと私《わたし》は涼真君《りょうまくん》に微笑《ほほえ》みかけた。そのままふたり並《なら》んで学校《がっこう》を出《で》ると、自宅《じたく》への道《みち》のりを歩《ある》く。

涼真君《りょうまくん》は取《と》り留《と》めのないことを話《はな》し続《つづ》ける。そんなにも言《い》いにくい相談《そうだん》なんだろうか。

成績《せいせき》のこと？　それともおばさんに何《なに》かあった？　もしかして、好《す》きな子《こ》ができた……？

いろんな相談《そうだん》ごとを思《おも》いつくままに考《かんが》えてみるけれど、これ！　というものがない。

それとも、相談《そうだん》したいと思《おも》ってみたものの、やっぱり私《わたし》にはできないと思《おも》ったのだろうか。

私《わたし》なんかじゃ頼《たよ》りないって、相談《そうだん》しても仕方《しかた》がないって、そう思《おも》われたのかもしれない。

「夏希《なつき》？」

黙《だま》り込《こ》んでしまった私《わたし》を気遣《きづか》うように涼真君《りょうまくん》は立《た》ち止《ど》まる。

「どうかした……？」

心配《しんぱい》そうに尋《たず》ねてくる涼真君《りょうまくん》を私《わたし》は睨《にら》みつけた。

「どうかしたのは涼真君《りょうまくん》でしょ！」

「え、俺《おれ》？」

「相談《そうだん》ごとがあるって言《い》ったのに、ずっと全然関係《ぜんぜんかんけい》ない話《はなし》してるし。私《わたし》じゃ頼《たよ》りないかもしれないけど、なにか困《こま》ってることがあるならって思《おも》ってたのに……」

言《い》いながら、自分《じぶん》が情《なさ》けなくて悔《くや》しくて涙《なみだ》が出《で》そうになる。どうせ私《わたし》なんて、と自分《じぶん》を卑下《ひげ》するような言葉《ことば》ばかり浮《う》かび上《あ》がってくる。

目元《めもと》を強《つよ》く擦《こす》ると、涼真君《りょうまくん》が慌《あわ》てたように頭《あたま》を下《さ》げた。

「ご、ごめん！　違《ちが》うんだ。そういうんじゃなくて、その、ふたりでこうやって帰《かえ》るのが楽《たの》しくて、いっぱい話《はな》したいことがあって、それでつい……」

「涼真君《りょうまくん》？」

「その、ほら最近《さいきん》さ、夏希《なつき》ってばずっと蒼月先輩《あおつきせんぱい》に構《かま》いっぱなしというか、休《やす》み時間《じかん》とかもずっと一緒《いっしょ》で、せっかく同《おな》じクラスなのになんか寂《さび》しいなって思《おも》ってて」

涼真君《りょうまくん》の言葉《ことば》にビックリしてしまう。そんなふうに思《おも》ってくれてたなんて知《し》らなかった。

冬真君《とうまくん》のことがあってから、涼真君《りょうまくん》とも一緒《いっしょ》にいづらくなって、中学《ちゅうがく》に上《あ》がったことをきっかけにお隣《となり》に住《す》んでいるというのにほとんど喋《しゃべ》ることもなくなっていた。

でも涼真君《りょうまくん》は、そんな自分勝手《じぶんかって》な私《わたし》とまた話《はな》したいって思《おも》っていてくれていた。

「ごめんなさい、私《わたし》……」

「や、いいんだ。今《いま》はこうやって話《はなし》できてるしさ」

へへっと笑《わら》うと、涼真君《りょうまくん》は「それで、さ」と改《あらた》めて切《き》り出《だ》した。

「帰《かえ》りに言《い》ってた相談《そうだん》なんだけど」

言《い》いにくそうに話《はな》しだした涼真君《りょうまくん》の相談《そうだん》は意外《いがい》なものだった。


週末《しゅうまつ》、私《わたし》はひとりで家《いえ》を出《で》た。夜斗君《やとくん》はギリギリまで「俺《おれ》も行《い》く！」と言《い》い張《は》っていたけれど、今日《きょう》だけはそういうわけにいかなかった。

涼真君《りょうまくん》から『母《かあ》さんの誕生日《たんじょうび》プレゼントを選《えら》んでほしい』と頼《たの》まれていたから。

「涼真君《りょうまくん》ちに来《く》るの、久《ひさ》しぶりだな」

お隣《となり》の玄関《げんかん》の前《まえ》で立《た》ち止《ど》まる。数年前《すうねんまえ》までは当《あ》たり前《まえ》のように開《あ》けていたドアも、今《いま》ではチャイムを押《お》すだけで緊張《きんちょう》してしまう。

ピンポーンという音《おと》が響《ひび》いたかと思《おも》うと、中《なか》から「はーい」と涼真君《りょうまくん》の声《こえ》が聞《き》こえた。

「ちょっと待《ま》ってて！」

ドアが開《ひら》いたかと思《おも》うと、そう言《い》って涼真君《りょうまくん》は家《いえ》の中《なか》に駆《か》け戻《もど》っていく。どうやら準備《じゅんび》が終《お》わっていないようだった。

「ゆっくりで大丈夫《だいじょうぶ》だよ」

そう伝《つた》えると、奥《おく》から「ありがと！」と言《い》う声《こえ》が聞《き》こえてきた。

キョロキョロと辺《あた》りを見回《みまわ》してみるけれど、あの頃《ころ》とあまり変《か》わっていない気《き》が――。

「あ……」

ふいに目《め》に入《はい》ったのは、シンプルなフレームの写真立《しゃしんた》てだった。涼真君《りょうまくん》と、それから冬真君《とうまくん》がふたり並《なら》んで写《うつ》っている。

久《ひさ》しぶりに見《み》た冬真君《とうまくん》の姿《すがた》に、胸《むね》がチクリと痛《いた》む。相変《あいか》わらずカッコよくで、でも私《わたし》の記憶《きおく》の中《なか》よりも大人《おとな》びていた。

思《おも》わず写真《しゃしん》から視線《しせん》を逸《そ》らすと、ちょうど準備《じゅんび》を終《お》えた涼真君《りょうまくん》がやってきた。

「ごめん、お待《ま》たせ」

「ううん、大丈夫《だいじょうぶ》だよ」

そう答《こた》えながら、涼真君《りょうまくん》の格好《かっこう》をまじまじと見《み》てしまう。

小学校《しょうがっこう》のときは、Tシャツに半《はん》ズボン姿《すがた》で走《はし》り回《まわ》っていた涼真君《りょうまくん》だったけれど、今《いま》はカーキ色《いろ》のスポーツブランドのTシャツに、細身《ほそみ》のパンツを合《あ》わせていた。

「なに笑《わら》ってんだよ」

口元《くちもと》がにやけているのに気《き》づかれてしまったみたいで、頭《あたま》を小突《こづ》かれた。

「ううん、なんでもない」

「ホントか？」

「うん、私服《しふく》カッコいいなって思《おも》って見《み》てた」

小学校《しょうがっこう》のときは恐竜柄《きょうりゅうがら》のTシャツを着《き》ていたのに、なんて思《おも》い出《だ》していると、涼真君《りょうまくん》が黙《だま》ってしまった。

なにかあったのかと顔《かお》を覗《のぞ》き込《こ》むと、耳《みみ》まで赤《あか》くなっていた。

「え、ど、どうしたの？」

「な、夏希《なつき》が！　急《きゅう》にカッコいいとか言《い》うから！」

顔《かお》を赤《あか》くして怒《おこ》ったように涼真君《りょうまくん》は言《い》うけど、なにを怒《おこ》られているのか全《まった》くわからない。

「え、ええ……。思《おも》ったことを言《い》っただけなのに……」

「もういいから！　ほら、さっさと行《い》くぞ！」

怒《おこ》っているのか照《て》れているのかわからない涼真君《りょうまくん》に腕《うで》を掴《つか》まれて、私《わたし》は涼真君《りょうまくん》の家《いえ》を出《で》た。

涼真君《りょうまくん》は私《わたし》の腕《うで》を掴《つか》んだままズンズンと歩《ある》いていく。

そういえば昔《むかし》もこんなことがあった。ふたりで遊《あそ》びに行《い》った帰《かえ》り道《みち》、どうやって帰《かえ》るのかわからなくなって泣《な》いてしまった私《わたし》の腕《うで》を今《いま》みたいに掴《つか》んだまま、涼真君《りょうまくん》は無言《むごん》で歩《ある》いていた。

きっと自分《じぶん》も不安《ふあん》だっただろうに、泣《な》き言《ごと》ひとつ言《い》わず歩《ある》き続《つづ》けていた。

今《いま》もあの頃《ころ》も変《か》わらず、私《わたし》にとって涼真君《りょうまくん》は大切《たいせつ》で頼《たよ》りになる幼馴染《おさななじみ》だった。

涼真君《りょうまくん》に頼《たの》まれていたおばさんへの誕生日《たんじょうび》プレゼントは思《おも》ったよりもすんなり決《き》まった。事《じ》前《ぜん》に涼真君《りょうまくん》がおばさんからどういうものが欲《ほ》しいのかを聞《き》いていたので迷《まよ》わずに済《す》んだ。

でもそれなら私《わたし》についてきてもらう必要《ひつよう》なんてなかったんじゃあ、と思《おも》ったりもしたけれど、久《ひさ》しぶりにふたりで出《で》かけられて楽《たの》しかったので、それは言《い》わないことにした。

「今日《きょう》はホントありがとな」

「ううん、私《わたし》こそなんにもしてないのにアイス奢《おご》ってもらっちゃってごめんね」

今日《きょう》のお礼《れい》に、ということでフードコートにあったアイスクリーム屋《や》さんで涼真君《りょうまくん》に買《か》ってもらった二段重《にだんがさ》ねのアイスクリーム。チョコとストロベリーにしたのだけれど、どちらも甘《あま》くてとっても美味《おい》しい。

「夏希《なつき》が一緒《いっしょ》に来《き》てくれなかったら、きっとこんなに早《はや》く決《き》まらなかったよ。だからお礼《れい》！」

「そうかな？　んー、じゃあそういうことにしとくね」

ふふっと笑《わら》うと、涼真君《りょうまくん》も頷《うなず》きながら笑《わら》う。

まるであの頃《ころ》に戻《もど》ったみたいだ。

昔《むかし》はよく、こんなふうに涼真君《りょうまくん》と私《わたし》と、それから冬真君《とうまくん》の三人《さんにん》で遊《あそ》んでいた。涼真君《りょうまくん》も私《わたし》も冬真君《とうまくん》のことが大好《だいす》きで、一緒《いっしょ》にいたくて仕方《しかた》がなかった。

あんなことがなければ、今《いま》でもきっと——。

嫌《いや》なことを思《おも》い出《だ》してしまって、胸《むね》の奥《おく》が重《おも》く苦《くる》しくなる。せっかくのアイスが溶《と》けて私《わたし》の手《て》に垂《た》れた。

「夏希《なつき》……?」

「あ、やだ。垂《た》れちゃった」

えへへと笑《わら》ってみせるけれど、涼真君《りょうまくん》にはバレバレだった。

「……なあ、それ食《た》べたらさゲーセン行《い》こうよ」

「ゲーセン?」

「そっ。さっきちょっと見《み》たら、夏希《なつき》が昔好《むかしす》きだったキャラクターのぬいぐるみがあってさ。取《と》ってやるよ」

わざとらしく涼真君《りょうまくん》ははしゃいだ声《こえ》で言《い》う。暗《くら》くなってしまった私《わたし》を励《はげ》ますために。

「優《やさ》しいなぁ……」

「ん?」

「ううん、なんでもない。それじゃあ涼真君《りょうまくん》に取《と》ってもらおうかな。楽《たの》しみ!」

明《あか》るく言《い》った私《わたし》に涼真君《りょうまくん》がホッとした表情《ひょうじょう》を浮《う》かべたのがわかった。

アイスを食《た》べ終《お》えゲームセンターに移動《いどう》すると、涼真君《りょうまくん》の言《い》うとおり懐《なつ》かしいキャラクターのぬいぐるみがあった。

「ホントにぺんたろうくんだ！」

「夏希《なつき》、こいつ好《す》きだったもんな。俺《おれ》にはどこがいいのかわかんなかったけど」

「えー、すごく可愛《かわい》いじゃん！」

首《くび》を横《よこ》に振《ふ》る涼真君《りょうまくん》に、私《わたし》は「えー」と口《くち》をとがらせた。

ペンギンのぺんたろうくんは私《わたし》たちが小学校低学年《しょうがっこうていがくねん》の頃《ころ》に流行《はや》ったキャラクターで、とぼけた表情《ひょうじょう》がとても可愛《かわい》い。手《て》にはイカを持《も》っていて、ぺんたろうくんのおやつという設定《せってい》だ。

「まあでも夏希《なつき》のおかげでこいつの家族設定《かぞくせってい》まで覚《おぼ》えたけどな」

涼真君《りょうまくん》はクレーンゲームに五百円《ごひゃくえん》を入《い》れると、器用《きよう》に操作《そうさ》を始《はじ》めた。

「あっ、惜《お》しい！」

アームに引《ひ》っかかって持《も》ち上《あ》がるかと思《おも》いきや、ぺんたろうくんは途中《とちゅう》で落《お》ちてしまう。

「大丈夫《だいじょうぶ》、こうやってちょっとずつ近《ちか》づけていけば」

何度《なんど》かカチャカチャと動《うご》かしたかと思《おも》うと――。

「わっ、取《と》れた！　すごい！」

取《と》り出《だ》し口《ぐち》から両手《りょうて》で抱《かか》えるぐらいのサイズのぺんたろうくんを取《と》り出《だ》すと、涼真君《りょうまくん》は私《わたし》に手渡《てわた》した。

「はい、プレゼント」

「ホントにいいの？」

「いいもなにも夏希《なつき》のために取《と》ったんだから、これは夏希《なつき》の。ちゃんと連《つ》れて帰《かえ》ってくれよ」

「うん！」

ギュッとぺんたろうくんを抱《だ》きしめると、涼真君《りょうまくん》は嬉《うれ》しそうに笑《わら》った。

そのあとゲームセンター内《ない》を見《み》て回《まわ》っていると、涼真君《りょうまくん》が申《もう》し訳《わけ》なさそうに言《い》った。

「ごめん、ちょっとトイレ行《い》ってくるからその辺《へん》で待《ま》っててくれる？」

「わかった。適当《てきとう》に見《み》て待《ま》ってるね」

「すぐ帰《かえ》ってくるから！　変《へん》な人《ひと》についていったらダメだからな！」

そう言《い》い残《のこ》して、心配《しんぱい》そうな表情《ひょうじょう》を浮《う》かべながら涼真君《りょうまくん》はお手洗《てあら》いに駆《か》けていく。

同《おな》い年《どし》の私《わたし》のことを、未《いま》だに小学生《しょうがくせい》かなにかだと思《おも》ってる気《き》がする。

ホントにもう！　と憤慨《ふんがい》しながらも、ぺんたろうくんを取《と》ってもらったので今日《きょう》のところは許《ゆる》すことにしよう。そう思《おも》いながらゲームセンター内《ない》をうろうろしていると、正面《しょうめん》から高校生《こうこうせい》ぐらいの男《おとこ》の人《ひと》たちが歩《ある》いてきていた。

ニヤニヤと笑《わら》いながらなにかを喋《しゃべ》っていて、私《わたし》の方《ほう》を指差《ゆびさ》したように見《み》えた。

なんとなく近寄《ちかよ》らないほうがいい気《き》がして、男《おとこ》の人《ひと》たちがいるのとは違《ちが》う方向《ほうこう》に身体《からだ》の向《む》きを変《か》えた。そのとき――。

「きゃっ……！」

身体《からだ》にドンッという衝撃《しょうげき》を受《う》けた。体勢《たいせい》を崩《くず》すほどではなかったけどよろめいてしまう。

いったい何《なに》が起《お》こったのかと目《め》を開《あ》けると、私《わたし》のそばで尻餅《しりもち》をついている人《ひと》の姿《すがた》があった。

それはさっきまで私《わたし》の方《ほう》を見《み》ながら笑《わら》っていた男《おとこ》の人《ひと》たちのうちのひとりだった。

「いってーな！　どこ見《み》て歩《ある》いてるんだよ！」

「なっ……」

どこ見《み》てもなにも、私《わたし》は方向《ほうこう》を変《か》えようとしていたし、この人《ひと》とはだいぶ距離《きょり》があった。

あのタイミングでぶつかるということは、走《はし》ってきてわざとぶつかったとしか思《おも》えない。

なのに――。

「あーあ、怪我《けが》しちゃったんですけどー」

「わ、血出《ちで》てんじゃん。大丈夫《だいじょうぶ》か？」

「ねえ、君《きみ》さ。これどうやって責任取《せきにんと》るつもりなの？」

「せ、責任《せきにん》って……」

年上《としうえ》の男《おとこ》の人《ひと》たちから口々《くちぐち》に責《せ》め立《た》てられるとなにも言《い》えなくなってしまう。

「私《わたし》は……」

「責任《せきにん》取《と》って一緒《いっしょ》に来《き》てくれる？」

「あー、このままじゃ病院《びょういん》行《い》かなきゃいけないかもしれないなぁ。警察《けいさつ》も呼《よ》んどく？」

「そ、そんな……」

一気《いっき》に言《い》われて冷静《れいせい》な判断《はんだん》なんてできるわけなかった。

謝《あやま》って、私《わたし》が悪《わる》かったって認《みと》めればいいのだろうか。そうしたらこの人《ひと》たちは許《ゆる》してくれるのかな。そんな考《かんが》えが頭《あたま》の中《なか》に浮《う》かぶ。

「まあ、それか？　俺《おれ》たちと一緒《いっしょ》に来《き》て手当《てあ》てしてくれるっていうなら考《かんが》えてもいいかな」

「え……？」

男《おとこ》の人《ひと》たちはニヤニヤと笑《わら》いながら言《い》った。

「あー、それいいねえ。どう？　ちょうどそこにカラオケがあるし、そこで手当《てあ》てしてよ」

「で、でも」

この人《ひと》たちについていっちゃダメだってわかってる。

けど、さっきみたいに怒鳴《どな》られると怖《こわ》くて……。

「どうするんだよ！　なあ！」

「わ、私《わたし》……ごめ……」

「謝《あやま》る必要《ひつよう》なんてないよ」

私《わたし》の言葉《ことば》を遮《さえぎ》ったのは、息《いき》を切《き》らせた涼真君《りょうまくん》だった。

私《わたし》を守《まも》るように間《あいだ》に立《た》つと、男《おとこ》の人《ひと》たちに向《む》き合《あ》った。

「なんだお前《まえ》！」

「やめてもらっていいですか」

「お前《まえ》に用《よう》はねえよ！　俺《おれ》たちはその子《こ》と話《はな》してんの。邪魔《じゃま》すんなよな」

「話《はな》してる、ねえ」

後《うし》ろ手《で》で私《わたし》を守《まも》るように隠《かく》す涼真君《りょうまくん》に「危《あぶ》ないよ！」と注意《ちゅうい》しようとして、私《わたし》を隠《かく》してしまえるぐらいに涼真君《りょうまくん》の背中《せなか》が大《おお》きくなっていることに気《き》づいた。

いつの間《ま》にこんなに大《おお》きくなっていたのだろう。小学生《しょうがくせい》の頃《ころ》は、私《わたし》よりも背《せ》が小《ちい》さくて、声《こえ》だって高《たか》くて。なのに知《し》らないうちに、意識《いしき》しないうちに、男《おとこ》の人《ひと》になっていた。

「中学生《ちゅうがくせい》の女《おんな》の子《こ》、脅《おど》さないとナンパのひとつもできないんですか？」

「はあ!?」

「俺《おれ》たちより年上《としうえ》なのにカッコわる」

「お前《まえ》、いい度胸《どきょう》してるな！」

男《おとこ》の人《ひと》は今《いま》にも涼真君《りょうまくん》に殴《なぐ》りかかりそうな勢《いきお》いだった。

どうしたらいいの……？

「おい」

あたふたしている私《わたし》のそばで、男《おとこ》の人《ひと》たちの中《なか》のひとりが焦《あせ》ったような声《こえ》で言《い》った。

「人《ひと》が集《あつ》まってきた。めんどくさいことにならないうちに行《い》こうぜ」

「ちっ」

ガヤガヤとしたゲームセンター内《ない》だったけれど、私《わたし》たちの周《まわ》りを取《と》り囲《かこ》むようにして気《き》づけば人垣《ひとがき》ができていた。

スマホを構《かま》えて男《おとこ》の人《ひと》たちに向《む》けている人《ひと》もいた。

「店員《てんいん》さん、こっちです！」

誰《だれ》かが店員《てんいん》さんを呼《よ》んでくれたらしく、そんな声《こえ》まで聞《き》こえた。

男《おとこ》の人《ひと》たちは慌《あわ》ててその場《ば》から立《た》ち去《さ》り、残《のこ》されたのは私《わたし》と涼真君《りょうまくん》のふたりだけだった。

「はぁ……。助《たす》かった……」

思《おも》わずその場《ば》にしゃがみ込《こ》んでしまった私《わたし》を、涼真君《りょうまくん》は怒鳴《どな》った。

「なんで助《たす》けを呼《よ》ばないんだよ！」

「な、なんでって」

大《おお》きな声《こえ》を出《だ》さないでよ、そう言《い》おうとしたけれど言《い》えなかったのは、床《ゆか》に座《すわ》り込《こ》んだ私《わたし》を、涼真君《りょうまくん》が震《ふる》える腕《うで》で抱《だ》きしめたから。

「どれだけ俺《おれ》が心配《しんぱい》したと思《おも》ってるんだよ……」

「……ごめんなさい。どうしたらいいかわからなくて……」

「せめて俺《おれ》のこと呼《よ》んでよ。ひとりでなんとかしようとしないで」

私《わたし》を抱《だ》きしめる腕《うで》に力《ちから》を入《い》れると、涼真君《りょうまくん》は安心《あんしん》したように呟《つぶや》いた。

「夏希《なつき》が、無事《ぶじ》でよかった。本当《ほんとう》によかった」

そう言《い》った声《こえ》がまだ震《ふる》えていて「ごめんなさい」と謝《あやま》ることしかできなかった。

店員《てんいん》さんから話《はなし》を聞《き》かれ、私《わたし》たちはお店《みせ》をあとにした。涼真君《りょうまくん》は私《わたし》の腕《うで》を掴《つか》んだまま放《はな》さない。掴《つか》まれた腕《うで》が少《すこ》しだけ痛《いた》かったけれど、私《わたし》は何《なに》も言《い》わなかった。

ようやく家《いえ》が見《み》えてきた頃《ころ》、自宅《じたく》の前《まえ》に誰《だれ》かが立《た》っているのがわかった。

あれは——。

「蒼月先輩《あおつきせんぱい》？」

涼真君《りょうまくん》も気《き》づいたようで、怪訝《けげん》そうな声《こえ》で言《い》う。

そりゃそうだ。休《やす》みの日《ひ》に、夜斗君《やとくん》が私《わたし》の家《いえ》の前《まえ》で待《ま》ち構《かま》えていたら、一緒《いっしょ》に暮《く》らしていることを知《し》らない涼真君《りょうまくん》からしたら不思議《ふしぎ》でしょうがないはずだ。

「えっと、あの……」

なんと説明《せつめい》したら、ううん、どう言《い》い訳《わけ》したらいいかと考《かんが》えているうちに、ツカツカと夜斗《やと》君《くん》が私《わたし》たちのところまで歩《ある》いてきて、そして私《わたし》の腕《うで》を掴《つか》んでいる涼真君《りょうまくん》の手《て》を振《ふ》り払《はら》った。

「俺《おれ》の花嫁《はなよめ》に勝手《かって》に触《ふ》れないでもらおうか」

「は、花嫁《はなよめ》ってなんだよ！　ってか、別《べつ》に夏希《なつき》はあんたのものじゃないだろ⁉」

「ふん。こいつは俺《おれ》の花嫁《はなよめ》だ。他《ほか》の男《おとこ》に触《ふ》れさせるつもりはない」

そう言《い》ったかと思《おも》うと、夜斗君《やとくん》は私《わたし》の身体《からだ》を抱《だ》きしめ、首筋《くびすじ》に口《くち》づけた。

「なっ……！」

「わかったらこの場《ば》から消《き》えろ」

冷《つめ》たく言《い》い放《はな》ったかと思《おも》うと、夜斗君《やとくん》は私《わたし》の目尻《めじり》に触《ふ》れた。

「他《ほか》の男《おとこ》に泣《な》かされたのか」

「ち、ちが……」

これは涼真君《りょうまくん》じゃなくて、と否定《ひてい》しようとした私《わたし》の声《こえ》は夜斗君《やとくん》に届《とど》かない。

夜斗君《やとくん》は私《わたし》の目尻《めじり》に口《くち》づけると、吐《は》き捨《す》てるように涼真君《りょうまくん》に言《い》った。

「俺《おれ》なら、大切《たいせつ》な女《おんな》を泣《な》かさない」

「ぐっ……」

「帰《かえ》るぞ」

立《た》ち尽《つ》くす涼真君《りょうまくん》をその場《ば》に残《のこ》し、私《わたし》は夜斗君《やとくん》に連《つ》れられるまま自宅《じたく》へと入《はい》った。

「待《ま》って」

「待《ま》たない」

「ねえ、話《はなし》を聞《き》いて」

「聞《き》かない」

私《わたし》の腕《うで》を引《ひ》っ張《ぱ》ったまま、夜斗君《やとくん》はこちらを見《み》ることなく二階《にかい》へと上《あ》がっていく。そのまま私《わたし》の部屋《へや》のドアを開《あ》けると、ベッドに押《お》し倒《たお》す。

「やっ……!」

「なに、俺《おれ》の知《し》らないところで泣《な》かされてんの」

「泣《な》かされてなんてない!」

「本当《ほんとう》に? じゃあなんで涙《なみだ》のあとがあるんだ?」

「それは……。その、ちょっと事情《じじょう》があって」

口《くち》ごもる私《わたし》の身体《からだ》を、夜斗君《やとくん》はギュッと抱《だ》きしめた。

「俺以外《おれいがい》のやつに、泣《な》かされるな」

その声《こえ》は怒《おこ》っているというより、どこか拗《す》ねているような、自分《じぶん》の大事《だいじ》なものを取《と》られそうになった子《こ》どもの声《こえ》のように聞《き》こえた。

「夜斗君《やとくん》、可愛《かわい》い」

「は？」

「あっ」

思《おも》わず口《くち》に出《だ》してしまったことを後悔《こうかい》するよりも早《はや》く、夜斗君《やとくん》が私《わたし》を見下《みお》ろした。

「可愛《かわい》い、ねえ」

「ち、違《ちが》うの。あの、その」

「夏希《なつき》が全然《ぜんぜん》反省《はんせい》していないことはわかった。そんなやつには、お仕置《しお》きだ」

お仕置《しお》き、という言葉《ことば》に、いったい何《なに》をされるのかとギュッと目《め》を閉《と》じる。

けれど、しばらく経《た》っても何《なに》かされた気配《けはい》はなく、おずおずと目《め》を開《あ》けた。そこには意地悪《いじわる》く笑《わら》いながら私《わたし》を見下《みお》ろす夜斗君《やとくん》の姿《すがた》があった。

「な、なに……？」

「お仕置《しお》きだって言《い》っただろ」

「だから、何《なに》をされるの……？」

「されるんじゃない。夏希《なつき》がするんだ」

「え……？」

言《い》われている意味《いみ》が理解《りかい》できなくて間《ま》の抜《ぬ》けた声《こえ》を出《だ》してしまう。

夜斗君《やとくん》はベッドに座《すわ》ると、押《お》し倒《たお》していた私《わたし》のことも起《お》こして隣《となり》に座《すわ》らせる。そして自分《じぶん》の頬《ほお》を指差《ゆびさ》した。

「あの……」

「キスして」

「え……って、なっ。む、無理《むり》だよ！」

「無理《むり》じゃない」

ぶんぶんと首《くび》を横《よこ》に振《ふ》る私《わたし》に、夜斗君《やとくん》はニッコリと笑《え》みを浮《う》かべる。

「いつも俺《おれ》がしてばっかりだから。たまには夏希《なつき》からしてほしい」

「できないってば！」

「頬《ほお》にできないなら唇《くちびる》にしてくれるのか？　俺《おれ》はそれでもいいけど」

そんなのもっと無理《むり》に決《き》まってる！

でも夜斗君《やとくん》は私《わたし》をジッと見《み》つめたまま「早《はや》く」と私《わたし》にキスを促《うなが》してくる。

「〜〜っ」

しない、という選択肢《せんたくし》は存在《そんざい》しなかった。

いつだって、そう。夜斗君《やとくん》はきっと私《わたし》が断《ことわ》らないって思《おも》ってる。ううん、それどころか何《なに》をしても怒《おこ》らないって思《おも》ってるのかもしれない。だから……。

「夜斗君《やとくん》だって……」

「俺《おれ》？　俺《おれ》がなに？」

「あ、いや、えっと、その……やっぱりなんでもない」

思《おも》わず口《くち》から漏《も》れてしまった言葉《ことば》を隠《かく》そうとするけど、夜斗君《やとくん》はそれを許《ゆる》してくれない。

「なんだよ、なにかあるなら言《い》えって」

「……この前《まえ》、女《おんな》の先輩《せんぱい》と仲良《なかよ》さそうにしてたじゃん」

夜斗君《やとくん》はなんのことかわからないって顔《かお》をしてる。でも、私《わたし》はずっと気《き》になってあの日《ひ》から胸《むね》の奥《おく》がモヤモヤしっぱなしだった。

「ほら、この間《あいだ》、会《あ》いに来《き》てくれたのに女《おんな》の先輩《せんぱい》になにか言《い》われて……」

「あ？　あーー、あれか」

やっと思《おも》い出《だ》したのか、夜斗君《やとくん》はポンッと手《て》を打《う》った。

「あれは、……って、え、もしかしてずっと気《き》にしてたの？」

「あ、え、そ、それは」

夜斗君《やとくん》の表情《ひょうじょう》がパッと明《あか》るくなった。嬉《うれ》しそうな夜斗君《やとくん》に私《わたし》は口《くち》をもごもごさせてしまう。

「気《き》になってたというか、その、どうしてなんだろうってちょっとだけ、そう、ちょっとだけ気《き》になってて」

「へえ、そっか。ふーん？」

「べ、別《べつ》にずっと気《き》にしてたとかじゃなくて！」

「わかった、わかった」

絶対《ぜったい》にわかってない……！

「そんな顔《かお》するなって。ふふ。あのとき呼《よ》びに来《き》たのは俺《おれ》のクラスの委員長《いいんちょう》なんだ。提出物《ていしゅつぶつ》の件《けん》で担任《たんにん》が今《いま》すぐ職員室《しょくいんしつ》に来《こ》いって言《い》ってるって言《い》われてさ」

「提出物《ていしゅつぶつ》？」

「そ。別《べつ》に放《ほう》っておいてもよかったんだけど、親《おや》に電話《でんわ》するって言《い》ってたらしいから仕方《しかた》なく行《い》ったってわけ。俺《おれ》の親《おや》にかけられても夏希《なつき》のお母《かあ》さんにかけられてもめんどうだろ？」

それはたしかに、そうかもしれない。

でも、そっか。委員長《いいんちょう》、だったんだ。

「安心《あんしん》した？」

「うん！　って、べ、別《べつ》に」

「なーつき」

思《おも》わず頷《うなず》いてしまった私《わたし》は、慌《あわ》てて否定《ひてい》しようとするけど、夜斗君《やとくん》はそんな私《わたし》の言葉《ことば》を遮《さえぎ》るように名前《なまえ》を呼《よ》んだ。

「ほら、もういいだろ。俺《おれ》、ずっと待《ま》ってるんだけど」

「あ……」

隣《となり》に座《すわ》る夜斗君《やとくん》は、ジッと私《わたし》を見《み》つめてくる。

もう、逃《に》げられない。

「わか、った……。目《め》、閉《と》じて……？」

「ん……」

夜斗君《やとくん》はソッと目《め》を閉《と》じた。長《なが》い睫毛《まつげ》が微《かす》かに震《ふる》えているのが見《み》える。

もう、覚悟《かくご》を決《き》めるしかなかった。

「……っ」

唇《くちびる》が、夜斗君《やとくん》の頬《ほお》に触《ふ》れる。感触《かんしょく》なんてわからなかった。

ドキドキしすぎてもうなにも考《かんが》えられない。

そっと唇《くちびる》を離《はな》すと、夜斗君《やとくん》が目《め》を開《あ》けた。

「よくできました」

「も、もう！」

「ん？　なに？　まだ反省《はんせい》してない？　なら――」

「した！　したから！　これからは気《き》をつけます！」

いじわるく言《い》う夜斗君《やとくん》から慌《あわ》てて離《はな》れる。もう一度《いちど》、なんて言《い》われたら心臓《しんぞう》が壊《こわ》れちゃう。

「じゃあ、今日《きょう》のところはこれで許《ゆる》してやるよ。でも」

夜斗君《やとくん》は私《わたし》に近《ちか》づくと、耳元《みみもと》で囁《ささや》いた。

「いつか、唇《くちびる》にもしてね」

「なっ……！」

「真《ま》っ赤《か》になってる。可愛《かわい》いね」

熱《あつ》くなった頬《ほお》に夜斗君《やとくん》の手《て》が触《ふ》れる。冷《つめ》たい手《て》に、ドキドキしているのは私《わたし》だけなのかと恥《は》ずかしくなる。けど。

そう言《い》って笑《わら》う夜斗君《やとくん》の頬《ほお》も、少《すこ》しだけ赤《あか》らんで見《み》えた気《き》がした。


涼真君《りょうまくん》と出《で》かけた日《ひ》から一週間《いっしゅうかん》が経《た》った。

今週末《こんしゅうまつ》は特《とく》に予定《よてい》もないしゆっくりしよう、なんて思《おも》っていると部屋《へや》のドアが開《ひら》いた。

「夏希《なつき》、出《で》かけるぞ」

「え？　どこに？」

「買《か》い物《もの》だ。あいつと行《い》って俺《おれ》とは行《い》かないなんてことないよな？」

有無《うむ》を言《い》わさない口調《くちょう》に、拒否《きょひ》する権利《けんり》は私《わたし》にはないことがわかった。

準備《じゅんび》があるからと出《で》かけるのを昼《ひる》からにしてもらい、私《わたし》たちはご飯《はん》を食《た》べてから家《いえ》を出《で》た。

目的地《もくてきち》は前《まえ》にプラネタリウムを見《み》に行《い》ったショッピングモールだ。

この間《あいだ》、涼真君《りょうまくん》と一緒《いっしょ》に行《い》った近《ちか》くのお店《みせ》でもよかったけど、あそこだと学校《がっこう》の子《こ》に見《み》つかる可能性《かのうせい》があったので今回《こんかい》も少《すこ》し遠《とお》いショッピングモールに出《で》かけることにした。

夜斗君《やとくん》は「あいつとは行《い》ったのに」とブツブツ文句《もんく》を言《い》っていたけれど、聞《き》こえないふりをするぐらいには夜斗君《やとくん》の扱《あつか》いに慣《な》れてきた気《き》がする。

電車《でんしゃ》での移動中《いどうちゅう》、そういえばと私《わたし》は夜斗君《やとくん》に尋《たず》ねた。

「買《か》い物《もの》ってなにを買《か》うの？」

「ああ、ペンケースが壊《こわ》れたんだ。だから夏希《なつき》に新《あたら》しいのを選《えら》んでほしくて」

「私《わたし》が？　夜斗君《やとくん》の気《き》に入《い》るもの、選《えら》べるかな」

「夏希《なつき》が選《えら》んでくれたものならなんでも気《き》に入《い》るよ」

ふわっと笑《え》みを浮《う》かべて夜斗君《やとくん》は言《い》う。

夜斗君《やとくん》のこういうストレートな物言《ものい》いに、私《わたし》はいつまで経《た》っても慣《な》れない。素直《すなお》に言《い》っているだけできっと他意《たい》はない。でも、言《い》われ慣《な》れていない私《わたし》はどうしてもドキドキしてしまう。

「そ、そっか！　じゃあ、頑張《がんば》ってセンスのいいもの選《えら》ばなきゃ」

わざとらしく張《は》り切《き》ってみせるけれど、夜斗君《やとくん》は全部《ぜんぶ》お見通《みとお》しとばかりに笑《わら》った。

「期待《きたい》してるよ」

ポンポンとされた頭《あたま》が、なんだかくすぐったい。

「そういえば」

たった今思《いまおも》い出《だ》したかのように夜斗君《やとくん》は言《い》う。

「夏希《なつき》のお母《かあ》さん、そろそろ誕生日《たんじょうび》だろ？」

「え、あ、うん。よく知《し》ってるね」

「この間《あいだ》、夏希《なつき》のお父《とう》さんから聞《き》いたんだ。その日《ひ》は外食《がいしょく》に行《い》くから早《はや》めに帰《かえ》ってきてって」

毎年《まいとし》、お母《かあ》さんの誕生日《たんじょうび》には近《ちか》くにあるお母《かあ》さんお気《き》に入《い》りのレストランでご飯《はん》を食《た》べる。

今年《ことし》は夜斗君《やとくん》も一緒《いっしょ》なんだと思《おも》うとちょっとだけ嬉《うれ》しい。

「プレゼントはもう買《か》ったのか？」

夜斗君《やとくん》の言葉《ことば》に、私《わたし》は静《しず》かに首《くび》を横《よこ》に振《ふ》った。

「どうせ私《わたし》があげても喜《よろこ》ばないよ」

昔《むかし》、お小遣《こづか》いを貯《た》めてプレゼントにお花《はな》を買《か》ったことがあった。でもお母《かあ》さんは「無駄遣《むだづか》いして」とため息《いき》をつくだけだった。

あれから、お母《かあ》さんに誕生日《たんじょうび》プレゼントをあげるのはやめた。喜《よろこ》んでくれないどころか、嫌《いや》がられるようなことをする必要《ひつよう》はないように思《おも》ったから。

でも、夜斗君《やとくん》は私《わたし》の話《はなし》を聞《き》いた上《うえ》で、正反対《せいはんたい》の提案《ていあん》をした。

「よし、じゃあ今日《きょう》の買《か》い物《もの》でプレゼントも買《か》おう」

「な、待《ま》って。夜斗君《やとくん》、私《わたし》の話聞《はなしき》いてた？　渡《わた》しても迷惑《めいわく》がられるんだって。だから」

「夏希《なつき》のお母《かあ》さんが、夏希《なつき》に対《たい》してドライなのは俺《おれ》も知《し》ってる」

一緒《いっしょ》に住《す》んでいるだけあって、お母《かあ》さんの私《わたし》への対応《たいおう》が冷《つめ》たいことは夜斗君《やとくん》も気《き》づいているようだった。なら、なおさらどうしてプレゼントを買《か》おうと言《い》い出《だ》したのかわからない。

「でもそれと夏希《なつき》がお母《かあ》さんに対《たい》して、感謝《かんしゃ》の気持《きも》ちだったり誕生日《たんじょうび》を祝《いわ》いたいという思《おも》いを伝《つた》えるのは違《ちが》う話《はなし》だと俺《おれ》は思《おも》う」

「違《ちが》う、話《はなし》……？」

「そう。もちろんプレゼントだから、相手《あいて》が嫌《いや》がるものを贈《おく》るのは間違《まちが》ってる。でも、相手《あいて》のことを思《おも》って贈《おく》るプレゼントは夏希《なつき》の気持《きも》ちだ。その気持《きも》ちを否定《ひてい》する権利《けんり》は、たとえ夏希《なつき》のお母《かあ》さんといえどないんじゃないか？」

夜斗君《やとくん》の話《はなし》は少《すこ》し難《むずか》しくて、うまく理解《りかい》できない。

「つまり、どういうこと……？」

「夏希《なつき》は夏希《なつき》の気持《きも》ちを大事《だいじ》にして、プレゼントをあげればいいってことだ」

「私《わたし》は、私《わたし》の気持《きも》ちを大事《だいじ》に……」

私《わたし》はどうしたいんだろう。お母《かあ》さんに何《なに》を伝《つた》えたいんだろう。

「……探《さが》してみようかな、プレゼント」

「ああ。きっと贈《おく》りたいって思《おも》うものが見《み》つかるよ」

どうしてかな。夜《や》斗《と》君《くん》が言《い》うと素《す》直《なお》に言《こと》葉《ば》が胸《むね》に届《とど》くのは。きっと大《だい》丈《じょう》夫《ぶ》って思《おも》えるのは。


ショッピングモールに着《つ》いて、まず文《ぶん》具《ぐ》屋《や》さんへと向《む》かった。男《おとこ》の子《こ》向《む》けのペンケースは、黒《くろ》を基《き》調《ちょう》としたシンプルなものが多《おお》かった。

「夜《や》斗《と》君《くん》っぽいのはどれだろ……」

「俺《おれ》っぽいペンケースって何《なに》？」

クスクスと夜《や》斗《と》君《くん》は笑《わら》う。

「ほら、なんか「あ、これ夜《や》斗《と》君《くん》が持《も》ってそう！」みたいな。たとえば、こういうのとか」

そう言《い》って手《て》に取《と》ったのは、真《ま》っ黒《くろ》のケースの右《みぎ》隅《すみ》にワンポイントとして銀《ぎん》色《いろ》の豹《ひょう》が描《えが》かれているものだった。黒《くろ》のペンケースがたくさんある中《なか》で、どうしてかこれに目《め》が留《と》まった。

「へえ、カッコいいね」

夜《や》斗《と》君《くん》の言《い》うとおりカッコいい。でもそれ以《い》上《じょう》に、暗《くら》闇《やみ》に一《いっ》匹《ぴき》だけいるこの豹《ひょう》が、なぜか夜《や》斗《と》君《くん》と重《かさ》なった。

「これにしようかな」

「ホント？　でも、他《ほか》のも見《み》てみなくていいの？」

「これがいい。夏希《なつき》が選《えら》んで、俺《おれ》が気《き》に入《い》った。きっとこれ以上《いじょう》のものは見《み》つからないから」

私《わたし》の手《て》からペンケースを取《と》ると、夜斗君《やとくん》はレジへと向《む》かう。

あのペンケースをこれから毎日《まいにち》夜斗君《やとくん》が使《つか》うのだと思《おも》うと、どこかくすぐったささえ感《かん》じる。

自分《じぶん》の選《えら》んだものを気《き》に入《い》ってもらえる。それがこんなにも嬉《うれ》しいなんて知《し》らなかった。

お母《かあ》さんも、気《き》に入《い》ってくれたらいいのに。

そんな考《かんが》えが頭《あたま》をよぎったけれど、そんなことはきっとないということは私《わたし》が一番《いちばん》よくわかっている。今《いま》まで私《わたし》がしたことでお母《かあ》さんが喜《よろこ》んだことなんて、一度《いちど》もないのだから。

「お待《ま》たせ」

ぐるぐると考《かんが》えているうちに、夜斗君《やとくん》がウキウキとしながら戻《もど》ってきた。手《て》には手提《てさ》げ袋《ぶくろ》を持《も》っていて、買《か》ったペンケースが入《はい》っているようだった。

「選《えら》んでもらえてすごく嬉《うれ》しい。これ、大事《だいじ》にするから」

プレゼントしたわけでもない。ただ選《えら》んだだけのペンケースなのに、夜斗君《やとくん》はすごくすごく嬉《うれ》しそうに言《い》ってくれる。

こんなに喜《よろこ》んでくれるなら、プレゼントしていたらもっと喜《よろこ》んでくれたのだろうか。

「夏希《なつき》？」

「あ、う、ううん。選《えら》んだの、気《き》に入《い》ってくれてよかった」

えへへ、と笑《わら》うと夜斗君《やとくん》は頷《うなず》く。

「夏希《なつき》がくれたものならなんでも嬉《うれ》しいよ」

「くれたって、別《べつ》にそれは私《わたし》が買《か》ったわけじゃないよ？」

「もらうのは物《もの》だけじゃない。俺《おれ》のことを思《おも》って選《えら》んでくれた気持《きも》ちも夏希《なつき》がくれたものだ」

「気持《きも》ち……？」

「ああ。このペンケースを見《み》るたびに、夏希《なつき》とふたりで出《で》かけたことを思《おも》い出《だ》すよ。使《つか》うたびに夏希《なつき》が選《えら》んでくれたことを思《おも》い出《だ》す。それは夏希《なつき》が与《あた》えてくれたものだよ」

そんな考《かんが》え方《かた》があるのかと、私《わたし》は夜斗君《やとくん》に驚《おどろ》かされる。

でも、そっか。それなら。

「お母《かあ》さんも私《わたし》が贈《おく》ったものが気《き》に入《い》らなかったとしても、私《わたし》が贈《おく》ったっていう気持《きも》ちだけでも受《う》け取《と》ってくれたらいいいな」

「きっと大丈夫《だいじょうぶ》だよ」

夜斗君《やとくん》の言《い》う『大丈夫《だいじょうぶ》』という言葉《ことば》は、ためらっていた私《わたし》の背中《せなか》を優《やさ》しく押《お》してくれた。

お母《かあ》さんへのプレゼントは、私《わたし》はスカーフを、お世話《せわ》になっているからと言《い》って夜斗君《やとくん》はマグカップを買《か》った。

包装紙《ほうそうし》に包《つつ》まれたスカーフをお母《かあ》さんが受《う》け取《と》ってくれるかどうかわからないけれど、気持《きも》ちだけは届《とど》けばいいなと思《おも》う。

「買《か》い物《もの》、付《つ》き合《あ》ってくれてありがと」

「俺《おれ》が付《つ》き合《あ》ってもらったんだけどな」

そう言《い》いながらも夜斗君《やとくん》の声《こえ》は嬉《うれ》しそうに聞《き》こえた。

しばらく歩《ある》いていると、ふいに夜斗君《やとくん》が言《い》った。

「あのさ、手《て》、繋《つな》いでもいいか？」

「え……」

まさかそんなことを聞《き》かれると思《おも》わなくてドキドキしてしまう。

でも、嫌《いや》じゃなかった。

「うん、いいよ」

私《わたし》の答《こた》えを聞《き》くと、夜斗君《やとくん》はそっと手《て》を伸《の》ばして私《わたし》の左手《ひだりて》を掴《つか》んだ。

私《わたし》よりも少《すこ》し大《おお》きい夜斗君《やとくん》の手《て》は熱《あつ》くて、同《おな》じぐらいドキドキしているみたいに感《かん》じた。

「夏希《なつき》は、俺《おれ》のこと怖《こわ》くないのか？」

なんでもないように夜斗君《やとくん》は言《い》う。

でも、ちょっとだけ繋《つな》いだ手《て》に力《ちから》が込《こ》められたのがわかった。

「全《まった》く怖《こわ》くないって言《い》ったら、嘘《うそ》になると思《おも》う」

眼力《がんりき》で人《ひと》の心《こころ》を操《あやつ》るのはやっぱりダメだと思《おも》うし、血《ち》を吸《す》ったりするのも本当《ほんとう》は怖《こわ》い。

「まあ、そうだよな」

少《すこ》し寂《さび》しそうに夜斗君《やとくん》は言《い》う。

「でも」

全《まった》く怖《こわ》くないわけじゃないけど、夜斗君《やとくん》がいい人《ひと》なのは知《し》ってるから。

夜斗君《やとくん》は吸血鬼《ヴァンパイア》だけど、でも夜斗君《やとくん》は夜斗君《やとくん》だ。

人間《にんげん》にだっていい人《ひと》もいれば悪《わる》い人《ひと》もいる。ひとくくりにして、人間《にんげん》は悪《わる》いやつだ、なんていうのは間違《まちが》っている。

それなら、きっと吸血鬼《ヴァンパイア》も同《おな》じだ。いい吸血鬼《ヴァンパイア》がいれば、悪《わる》い吸血鬼《ヴァンパイア》もいる。

「私《わたし》は夜斗君《やとくん》のいいところもたくさん知《し》ってるよ。だから怖《こわ》いより、一緒《いっしょ》にいて楽《たの》しいほうが大《おお》きいかな」

ニッコリと笑《わら》ってみせると、夜斗君《やとくん》は黙《だま》ったまま私《わたし》を抱《だ》きしめた。

「や、夜斗君《やとくん》？」

「夏希《なつき》が、俺《おれ》の花嫁《はなよめ》でよかった」

耳元《みみもと》で呟《つぶや》いた夜斗君《やとくん》の声《こえ》はどうしてか泣《な》き出《だ》しそうに聞《き》こえて、私《わたし》は腕《うで》を回《まわ》すとそっと夜斗《やと》君《くん》の身体《からだ》を抱《だ》きしめ返《かえ》した。

夜斗君《やとくん》のぬくもりは、人間《にんげん》となにひとつ変《か》わらなかった。


数日後《すうじつご》、私《わたし》は朝起《あさお》きると少《すこ》しドキドキしながらリビングへと向《む》かった。

手《て》にはあの日《ひ》、包装紙《ほうそうし》に包《つつ》んでもらったスカーフがあった。

「お、おはよう」

「おはよ。早《はや》く朝《あさ》ご飯《はん》食《た》べて準備《じゅんび》しちゃいなさいよ」

お母《かあ》さんは私《わたし》の方《ほう》に目《め》もくれず、キッチンで洗《あら》い物《もの》をしていた。

「あ、あのね」

私《わたし》はお母《かあ》さんの横《よこ》に立《た》つと、手《て》に持《も》ったプレゼントを差《さ》し出《だ》した。

「お誕生日《たんじょうび》、おめでとう」

どんな反応《はんのう》をされるのか怖《こわ》くて、でもほんの少《すこ》しだけ期待《きたい》してしまう私《わたし》もいて、恐《おそ》る恐《おそ》るお母《かあ》さんの顔《かお》を見《み》る。

でも、すぐにわずかでも期待《きたい》した自分《じぶん》が間違《まちが》っていたんだと思《おも》い知《し》らされることとなる。

「はぁ。こんなものにお金《かね》を使《つか》っちゃって」

お母《かあ》さんは深《ふか》いため息《いき》をつくと、私《わたし》からプレゼントを取《と》り上《あ》げた。

「無駄《むだ》なことにお金《かね》を使《つか》わずに、自分《じぶん》に必要《ひつよう》なものを買《か》いなさい。そのためにお小遣《こづか》いはあげてるんだから」

「あ……そ、っか……」

これが夜斗君《やとくん》からのプレゼントだったら、絶対喜《ぜったいよろこ》んだんだろうな……。

「……わかったよ」

どうして期待《きたい》してしまったんだろう。

私《わたし》がお母《かあ》さんになにかして、喜《よろこ》んでもらえたことなんて今《いま》まで一度《いちど》もなかったのに。

それ以上《いじょう》その場《ば》にいられなくて、私《わたし》はリビングを飛《と》び出《だ》した。

自分《じぶん》の部屋《へや》に戻《もど》ると頭《あたま》から布団《ふとん》を被《かぶ》る。

もう嫌《いや》だ。結局《けっきょく》、なんにもお母《かあ》さんには届《とど》かない。伝《つた》わらない。

それなら、お母《かあ》さんへの思《おも》いなんて初《はじ》めから持《も》たないほうが傷《きず》つかずに済《す》む。

「……っく。うう……ひっ……う……」

涙《なみだ》があふれて止《と》まらない。ベッドシーツを、零《こぼ》れた涙《なみだ》がどんどん濡《ぬ》らしていく。

「……夏希《なつき》」

ふいに、夜斗君《やとくん》の声《こえ》が聞《き》こえた。

布団越《ふとんご》しに、夜斗君《やとくん》が私《わたし》の背中《せなか》を撫《な》でてくれているのがわかる。

ありがとう、と言《い》いたいのに、口《くち》から出《で》るのは嗚咽《おえつ》ばかりだ。

「もう、やだ……」

「夏希《なつき》は、良《よ》い子《こ》すぎるんだ」

私《わたし》の背中《せなか》を撫《な》でながら、夜斗君《やとくん》は優《やさ》しく話《はな》し続《つづ》ける。

「もっとワガママになってもいいんだぞ。嫌《いや》なことは嫌《いや》だって、悲《かな》しいことは悲《かな》しいって伝《つた》えてもいいんだ」

悲《かな》しいことは、悲《かな》しいって……。

「良《よ》い子《こ》じゃなくてもいい。夏希《なつき》の本当《ほんとう》の気持《きも》ちを言《い》ってもいいんだ」

「でも、良《よ》い子《こ》でいないと、嫌《きら》われちゃう」

お母《かあ》さんに嫌《きら》われたくない。好《す》きでいてほしい。

だから……。

「良《よ》い子《こ》じゃなくったって、好《す》きでいてくれるさ」

「ホントに……？」

おずおずと布団《ふとん》から顔《かお》を出《だ》した私《わたし》に、夜斗君《やとくん》は優《やさ》しく微笑《ほほえ》みかけた。

「ホントに。絶対大丈夫《ぜったいだいじょうぶ》。俺《おれ》が保証《ほしょう》する」

良《よ》い子《こ》でいなくても、お母《かあ》さんは私《わたし》のことを嫌《きら》いにならない……？

悲《かな》しかったって、つらかったって伝《つた》えても大丈夫《だいじょうぶ》……？

不安《ふあん》な気持《きも》ちはいっぱいあった。でも、夜斗君《やとくん》が大丈夫《だいじょうぶ》だって言《い》ってくれたら、どうしてか本当《ほんとう》に大丈夫《だいじょうぶ》な気《き》がした。

「……私《わたし》、言《い》ってみる」

まだ、怖《こわ》い。でも。

「ついてきて、くれる……？」

「もちろん」

私《わたし》の言葉《ことば》に、夜斗君《やとくん》は笑顔《えがお》のまま力強《ちからづよ》く頷《うなず》いた。


夜斗君《やとくん》と一緒《いっしょ》に部屋《へや》を出《で》て、リビングに向《む》かう。

階段《かいだん》を一段《いちだん》また一段《いちだん》と下《お》りるたびに心臓《しんぞう》がドキドキと音《おと》を立《た》てる。

「夏希《なつき》？」

思《おも》わず立《た》ち止《ど》まってしまった私《わたし》を、夜斗君《やとくん》は心配《しんぱい》そうに見《み》つめる。

「えへへ、怖《こわ》くなっちゃった」

自分《じぶん》の気持《きも》ちを伝《つた》えると、そう決《き》めて部屋《へや》を出《で》てきたはずなのに、怖《こわ》くて足《あし》が動《うご》かない。

「やめとくか……？」

「どう、しよう……」

今《いま》やめてしまったら、もう伝《つた》えられない気《き》がする。でも……。

「ちょっと待《ま》ってろ」

「え？　や、夜斗君《やとくん》？」

そう言《い》ったかと思《おも》うと、夜斗君《やとくん》は階段《かいだん》を静《しず》かに駆《か》け下《お》り、リビングのドアの前《まえ》に立《た》った。

何《なに》をしているのかと、階段《かいだん》の上《うえ》からその姿《すがた》を見《み》ていると、ドアの前《まえ》に立《た》った夜斗君《やとくん》がおいでおいでと私《わたし》に手招《てまね》きをした。

「夜斗君《やとくん》……？」

恐《おそ》る恐《おそ》る階段《かいだん》を下《お》りて夜斗君《やとくん》の隣《となり》に立《た》つと、夜斗君《やとくん》はドアの隙間《すきま》を指差《ゆびさ》した。

「見《み》てみろよ」

夜斗君《やとくん》に促《うなが》されて、私《わたし》はこっそりとリビングを覗《のぞ》く。

「う、そ……」

そこにあったのは、私《わたし》が贈《おく》ったスカーフを嬉《うれ》しそうにつけるお母《かあ》さんの姿《すがた》だった。

「どう、して」

動揺《どうよう》を抑《おさ》えることができず、思《おも》わずドアを開《あ》けてしまう。

私《わたし》がいることに気《き》づいたお母《かあ》さんは、おどろいたように目《め》を丸《まる》くし、それからバツが悪《わる》そうに顔《かお》を背《そむ》けた。

「お母《かあ》さん、それって、私《わたし》があげたスカーフ、だよね」

お母《かあ》さんは何《なに》も言《い》わない。

「喜《よろこ》んで、くれてたの……？」

黙《だま》ったまま立《た》ち尽《つ》くすお母《かあ》さんの首元《くびもと》には、今《いま》もスカーフがつけられている。

「お母《かあ》さんってば！」

「嬉《うれ》しくないはずが、ないでしょ。娘《むすめ》が、夏希《なつき》が選《えら》んで買《か》ってくれたんだもの」

「じゃあ、なんでさっきあんなこと言《い》ったの!?　さっきだけじゃない、今《いま》までも私《わたし》がお母《かあ》さんのためになにかを買《か》うといつだって迷惑《めいわく》そうだった。どうして!?」

「それ、は」

躊躇《ためら》うように視線《しせん》をさまよわせたあと、お母《かあ》さんは諦《あきら》めたのか口《くち》を開《ひら》いた。

「だって、私《わたし》への贈《おく》り物《もの》より、夏希《なつき》には自分《じぶん》の欲《ほ》しいものにお金《かね》を使《つか》ってほしかったから」

「な、に、それ」

いらないという拒絶《きょぜつ》の裏《うら》に、そんな思《おも》いが込《こ》められてるなんて気《き》づけるわけない。

「そうならそうと、ちゃんと言《い》ってよ」

もっと早《はや》くに知《し》りたかった。

拒絶《きょぜつ》されたわけじゃないって、私《わたし》からの贈《おく》り物《もの》なんて迷惑《めいわく》だと思《おも》い悩《なや》む前《まえ》に知《し》りたかった。

言葉《ことば》の裏《うら》に、お母《かあ》さんからのわかりにくい愛情《あいじょう》が込《こ》められていることに。

「そっか……嫌《いや》がられてたわけじゃ、なかったんだ」

ポツリと呟《つぶや》いた言葉《ことば》に、お母《かあ》さんは首《くび》にかけたスカーフを外《はず》し抱《だ》きしめた。

「当《あ》たり前《まえ》でしょ……。スカーフ、ありがとう。大事《だいじ》にするわね」

お母《かあ》さんはそう言《い》って微笑《ほほえ》んだ。

もしかしてわかりにくいだけで、普段《ふだん》のお母《かあ》さんの言葉《ことば》の裏《うら》にも愛情《あいじょう》が込《こ》められてる……？

私《わたし》が夜斗君《やとくん》の方《ほう》を見《み》ると、そうだと言《い》わんばかりに優《やさ》しく頷《うなず》いてくれた。

夜斗君《やとくん》がいなければきっと、お母《かあ》さんと向《む》き合《あ》おうとなんて思《おも》わなかった。こんなふうにプレゼントを贈《おく》ろうとなんて絶対《ぜったい》にしなかった。

夜斗君《やとくん》のおかげで――。

トクントクンと心臓《しんぞう》が音《おと》を立《た》てる。普段《ふだん》よりも速《はや》い鼓動《こどう》の音《おと》は、芽吹《めぶ》き始《はじ》めた想《おも》いの名前《なまえ》を教《おし》えてくれているような、そんな気《き》がした。

第《だい》六章《しょう》　吸血鬼《ヴァンパイア》なカレは私《わたし》の未来《みらい》の旦那《だんな》さま!?

夜斗君《やとくん》が転校《てんこう》してきて二《に》か月《げつ》が経《た》った。

あんなにも平和《へいわ》な生活《せいかつ》を望《のぞ》んでいたはずなのに、夜斗君《やとくん》が転校《てんこう》してきてからというもの、私《わたし》は平和《へいわ》とはほど遠《とお》い生活《せいかつ》を送《おく》っていた。

静《しず》かだった学校生活《がっこうせいかつ》はずいぶん騒《さわ》がしくなり、いつも夜斗君《やとくん》にドキドキさせられっぱなしだ。

当《とう》の夜斗君《やとくん》はというと、いつの間《ま》にかファンクラブができていた。クラスの女《おんな》の子《こ》たちも何《なん》人《にん》か入《はい》っているらしく、会員《かいいん》カードの番号《ばんごう》を競《きそ》い合《あ》っているのを見《み》かけたことがある。それどころか、実《じつ》は高等部《こうとうぶ》の人《ひと》もファンクラブに入《はい》っている、なんて話《はなし》も聞《き》こえてくるぐらいだ。

人気《にんき》があるとは思《おも》っていたけれど、まさかファンクラブができるなんて。

でもファンクラブということは誰《だれ》か仕切《しき》っている人《ひと》がいるはずだし、そうなれば夜斗君《やとくん》の周《まわ》りも少《すこ》しは落《お》ち着《つ》くかなと思《おも》っていたのだけれど――。

「だから!　みんなの夜斗君《やとくん》なんだから!　あんたのものじゃないんだからね!」

昼休《ひるやす》み、お手洗《てあら》いに行《い》こうとしたところを三年生《さんねんせい》の女子《じょし》に捕《つか》まり、家庭科室《かていかしつ》に連《つ》れてこられていた。先輩女子《せんぱいじょし》曰《いわ》く、三人《さんにん》ともファンクラブの一桁会員《ひとけたかいいん》らしい。それがどれだけ偉《えら》いのか、私《わたし》には全《まった》くわからない。

ただ自分《じぶん》より体格《たいかく》の良《よ》い先輩女子《せんぱいじょし》たちに囲《かこ》まれて、睨《にら》みつけられるのはなかなかに怖《こわ》かった。

「ちょっと気《き》に入《い》られてるからって図々《ずうずう》しいのよ！」

「そうそう、自分《じぶん》なんかが夜斗君《やとくん》と釣《つ》り合《あ》うと思《おも》ってるの⁉」

そんなこと言《い》われても、私《わたし》が望《のぞ》んで一緒《いっしょ》にいるわけじゃないのに。

夜斗君《やとくん》の方《ほう》から合《あ》いに来《き》てくれるんですよ、なんて言《い》おうものなら火《ひ》に油《あぶら》を注《そそ》ぐことになるのはわかっていた。

だから私《わたし》はしおらしく壁《かべ》に背中《せなか》をつけたまま俯《うつむ》き、床《ゆか》へと視線《しせん》を向《む》けていた。

でもそんな態度《たいど》が気《き》に食《く》わなかったのか、ひとりの女子《じょし》が私《わたし》の肩《かた》を掴《つか》むと壁《かべ》に押《お》しつけた。

「つっ……」

鈍《にぶ》い痛《いた》みが肩《かた》に走《はし》り、思《おも》わず顔《かお》をしかめる。その反応《はんのう》が楽《たの》しかったのか、先輩女子《せんぱいじょし》たちはクスクスと笑《わら》っていた。

「わかった⁉　もう二度《にど》と夜斗君《やとくん》に近《ちか》づかないでよ！」

「…………」

「何《なに》か言《い》ったらどうなのよ！」

わかったとも無理《むり》だとも言《い》えないまま黙《だま》り込《こ》む私《わたし》の耳《みみ》に、聞《き》き覚《おぼ》えのある声《こえ》が聞《き》こえた。

「何《なに》かっていうのは何《なん》だ？」

「あ……夜斗《やと》、君《くん》」

その声《こえ》に驚《おどろ》いたのは、私《わたし》だけではなかった。目《め》の前《まえ》にいる女子《じょし》たちは、突然現《とつぜんあらわ》れた夜斗《やと》君《くん》に青《あお》い顔《かお》をしていた。

「俺《おれ》の花嫁《はなよめ》に手《て》を出《だ》して、ただで済《す》むと思《おも》ってないよな？」

「ち、ちが……私《わたし》たちはただ、夜斗《やと》君《くん》が……」

「俺《おれ》が何《なに》？」

「そ、そんなに怒《おこ》らないでよ。ね、夜斗《やと》君《くん》いつももっとクールじゃん。こんなことぐらいで熱《あつ》くならないでよ」

女子《じょし》のうちのひとりが夜斗《やと》君《くん》に手《て》を伸《の》ばそうとして、パシッと音《おと》を立《た》てて払《はら》われた。

「俺《おれ》がクール？　そんなのお前《まえ》らに興味《きょうみ》がないからに決《き》まってるだろ」

「え……？」

「どうでもいい存在《そんざい》だから、なにを言《い》われてもされても気《き》にもならない。でも、俺《おれ》の大切《たいせつ》な夏《なつ》希《き》に手《て》を出《だ》すなら、どうなっても知《し》らないからな」

「……っ」

至近距離《しきんきょり》から睨《にら》みつけられた女子《じょし》たちは、逃《に》げるようにしてその場《ば》を駆《か》け出《だ》した。

残《のこ》されたのは私《わたし》と夜斗君《やとくん》だけ。

「大丈夫《だいじょうぶ》か？」

「う、うん」

怖《こわ》くなかったかというと嘘《うそ》になるけど、でも、それよりももっと怖《こわ》かったことがあった。

「夜斗君《やとくん》は、さ」

「ん？」

「他《ほか》の女《おんな》の子《こ》には冷《つめ》たいんだね」

思《おも》わず口《くち》に出《だ》してしまった言葉《ことば》に、夜斗君《やとくん》はキョトンとした表情《ひょうじょう》を浮《う》かべていた。

「当《あ》たり前《まえ》だろ。俺《おれ》が優《やさ》しくするのは、夏希《なつき》にだけだ」

「え……」

「他《ほか》のやつらへの優《やさ》しさなんて持《も》ち合《あ》わせていない。夏希《なつき》に言《い》われていなければ、あんなやつら俺《おれ》のそばに近寄《ちかよ》らせることさえしないさ」

他人《たにん》なんてどうでもいいと、私《わたし》だけいればそれでいいと夜斗君《やとくん》は言《い》っている。その気《き》持《も》ちが嬉《うれ》しいような、間違《まちが》っているような複雑《ふくざつ》な気《き》持《も》ちだ。

夜斗君《やとくん》は私《わたし》たちとは違《ちが》って吸血鬼《ヴァンパイア》だ。それなら感覚《かんかく》や価値観《かちかん》が違《ちが》っていても仕方《しかた》ないのかもしれない。

「肩《かた》、大丈夫《だいじょうぶ》か？」

「え、あ、うん。なんてことないよ」

無意識《むいしき》のうちに先輩女子《せんぱいじょし》に掴《つか》まれた肩《かた》を私《わたし》は押《お》さえていた。

夜斗君《やとくん》は私《わたし》の手《て》をそっと外《はず》すと、ブラウスのボタンをひとつふたつと外《はず》す。

「なっ……」

これ以上外《いじょうはず》されると、下着《したぎ》が見《み》えてしまう。焦《あせ》る私《わたし》をよそに、夜斗君《やとくん》はブラウスの首元《くびもと》をはだけさせた。

「赤《あか》くなってる」

「え、あ、あ……」

見《み》たかったのは、肩《かた》の部分《ぶぶん》だったらしく、夜斗君《やとくん》はつらそうな怒《おこ》っているような声《こえ》で言《い》った。

「あいつら、夏希《なつき》にこんなことしやがって」

「だ、大丈夫《だいじょうぶ》だよ。放《ほう》っておけばそのうち治《なお》るし……」

「そういう問題《もんだい》じゃない！」

声《こえ》を荒《あら》らげると、夜斗君《やとくん》は私《わたし》の肩《かた》にそっと口《くち》づけた。

「んっ……」

「こんなふうに怪我《けが》、させられて……」

夜斗君《やとくん》は私《わたし》の身体《からだ》を強《つよ》く抱《だ》きしめた。

「夏希《なつき》を傷《きず》つける人間《にんげん》は、許《ゆる》さない」

夜斗君《やとくん》は真剣《しんけん》な声《こえ》でそう言《い》った。


「夏希《なつき》、大丈夫《だいじょうぶ》か？」

「え、夜斗君《やとくん》？」

休《やす》み時間《じかん》、お手洗《てあら》いを出《で》た私《わたし》の前《まえ》に、廊下《ろうか》の壁《かべ》にもたれる夜斗君《やとくん》の姿《すがた》があった。

「どうしたの？　こんなところで」

「休《やす》み時間《じかん》が終《お》わるっていうのに教室《きょうしつ》にいなかったから探《さが》してたら、お前《まえ》の友達《ともだち》がトイレに行《い》ったって教《おし》えてくれて」

「それで待《ま》ってたの……？　そっか、心配《しんぱい》かけてごめんね」

夜斗君《やとくん》は優《やさ》しい。すごく優《やさ》しくて、私《わたし》のことを大事《だいじ》にしてくれる。

そんな夜斗君《やとくん》に、私《わたし》も惹《ひ》かれていることは否定《ひてい》しない。

でも、夜斗君《やとくん》といるときっと私《わたし》の学校生活《がっこうせいかつ》は無茶苦茶《むちゃくちゃ》になる。

「夏希《なつき》？」

心配《しんぱい》そうに私《わたし》の顔《かお》を覗《のぞ》き込《こ》む夜斗君《やとくん》に、首《くび》を横《よこ》に振《ふ》ることしかできなかった。

「ううん、大丈夫《だいじょうぶ》。ちょっとお腹痛《なかいた》くなっちゃって。変《へん》なものでも食《た》べたかな」

「無理《むり》するな。どうしてもしんどかったら一緒《いっしょ》に早退《そうたい》するぞ？」

本気《ほんき》で心配《しんぱい》してくれる夜斗君《やとくん》に少《すこ》し申《もう》し訳《わけ》なく思《おも》いながら、もう一度《いちど》「大丈夫《だいじょうぶ》だよ」と伝《つた》えて私《わたし》は教室《きょうしつ》に戻《もど》った。

大丈夫《だいじょうぶ》、まだ頑張《がんば》れる。

これぐらいどうってことない。あの頃《ころ》に比《くら》べたら、なんてことない。

そう自分《じぶん》に言《い》い聞《き》かせて。

でも、そうやって私《わたし》が平気《へいき》そうな態度《たいど》を取《と》れば取《と》るほど、状況《じょうきょう》は悪化《あっか》していった。

持《も》ち物《もの》が隠《かく》されたり、廊下《ろうか》で会《あ》ったときにぶつかられたり、なんていうのは当《あ》たり前《まえ》。

学校《がっこう》に着《つ》くと、私《わたし》の机《つくえ》だけ教室《きょうしつ》の隅《すみ》に移動《いどう》されていたり、提出《ていしゅつ》したはずのノートが草《くさ》むらに捨《す》てられていることもあった。

どれも先生《せんせい》たちに見《み》つかる前《まえ》に解決《かいけつ》してしまうから、私《わたし》がいじわるをされていることに大人《おとな》は誰《だれ》も気《き》づかない。

クラスメイトは気《き》づいているかもしれないけど、関《かか》わり合《あ》いになりたくないという空気《くうき》をひしひしと感《かん》じていた。

涼真君《りょうまくん》や美愛《みあ》がいれば止《と》めてくれたのかもしれないけど、ふたりが部活《ぶかつ》の朝練《あされん》に参加《さんか》している時間帯《じかんたい》にやっているようで、どうすることもできずにいた。

美愛《みあ》は「絶対《ぜったい》に先生《せんせい》に言《い》ったほうがいいよ！」と鼻息荒《はないきあら》く怒《おこ》っていたし、こういうことに鈍《にぶ》い涼真君《りょうまくん》でさえ「最近《さいきん》、夏希《なつき》の周《まわ》りなんか変《へん》じゃない？」と言《い》っていたぐらいだ。

先生《せんせい》に言《い》えばいいことはわかっていた。相談《そうだん》したらきっと咎《とが》めてくれるはずだ。でも、もし『お前《まえ》にも悪《わる》いところがあるんじゃないか？』なんて言《い》われたら？　めんどくさそうにため息《いき》をつかれたら？　そんなことばかりが頭《あたま》をよぎる。

小学生《しょうがくせい》のときの担任《たんにん》と今《いま》の担任《たんにん》の先生《せんせい》は全《まった》くの別人《べつじん》だということはわかっている。でも、どこか似《に》ている雰囲気《ふんいき》のせいなのか、どうしても先生《せんせい》たちの姿《すがた》を重《かさ》ねてしまう。

そうこうしているうちに嫌《いや》がらせは、もはやいじめなのではというぐらいまで悪化《あっか》していた。

こうなると先生以上《せんせいいじょう》に隠《かく》し通《とお》せない人《ひと》がいる。——夜斗君《やとくん》だ。


「今日《きょう》は一緒《いっしょ》に学校《がっこう》に行《い》く」

ある日《ひ》、朝《あさ》の準備《じゅんび》を終《お》えると夜斗君《やとくん》は言《い》った。時計《とけい》を見《み》ると、いつも家《いえ》を出《で》る時間《じかん》よりも二十分《にじゅっぷん》ほど早《はや》かった。

「え、どうして」

「別《べつ》に。たまにはいいだろ？」

「それは、そうだけど」

正直《しょうじき》なところ、嫌《いや》がらせをしてくる人《ひと》たちを変《へん》に刺激《しげき》したくはなかった。これ以上《いじょう》、悪化《あっか》してほしくない。でも。

「それとも、一緒《いっしょ》に行《い》ったら困《こま》る理由《りゆう》でもあるのか？」

「一緒《いっしょ》に住《す》んでることがバレたら……」

「じゃあ少《すこ》し先《さき》で合流《ごうりゅう》する。それならいいだろ」

「う、うん」

そこまで言《い》われてしまうと、もう断《ことわ》る理由《りゆう》を探《さが》すほうが難《むずか》しかった。

「先《さき》に行《い》って待《ま》ってるから」

そう言《い》って、夜斗君《やとくん》は私《わたし》よりも早《はや》く家《いえ》を出《で》ていった。

普段《ふだん》の登校時間《とうこうじかん》よりも早《はや》いこの時間《じかん》であれば、人通《ひとどお》りもすくないかもしれない。

私《わたし》は急《いそ》いで準備《じゅんび》をすると、外《そと》に出《で》る。どの辺《あた》りで待《ま》っているのだろうと歩《ある》いていくと、自宅《じたく》から少《すこ》し離《はな》れたところにある自販機《じはんき》のところに夜斗君《やとくん》はいた。

「行《い》くぞ」

私《わたし》の顔《かお》を見《み》ると、夜斗君《やとくん》はそう言《い》って歩《ある》き出《だ》した。

こうやって夜斗君《やとくん》と一緒《いっしょ》にいると、誰《だれ》かになにかを言《い》われることも、いじわるをされることもない。

もしかしたら夜斗君《やとくん》は、私《わたし》が嫌《いや》がらせを受《う》けていることに気《き》づいていて……？

隣《となり》を歩《ある》く夜斗君《やとくん》を見上《みあ》げると、ふいに目《め》が合《あ》った。

「どうした？」

「あ、えっと、その、あんなこと言《い》うなんて珍《めずら》しいなって思《おも》って」

「あんなこと？」

「一緒《いっしょ》に行《い》くって」

「ああ、それか」

少《すこ》し黙《だま》ったあと、夜斗君《やとくん》はそっぽを向《む》いた。

「この間《あいだ》、隣《となり》の家《いえ》のあいつと一緒《いっしょ》に学校《がっこう》に行《い》ってただろ」

「涼真君《りょうまくん》と？　あ、そういえばたまたま朝練《あされん》がなかった日《ひ》に会《あ》って一緒《いっしょ》に行《い》ったかも？」

でも、それがいったい……。

「あいつだけ一緒《いっしょ》に行《い》くなんて、ズルいだろ」

「え……」

もしかして、ヤキモチ……？　夜斗君《やとくん》が、涼真君《りょうまくん》に？

思《おも》わず顔《かお》をジッと見《み》つめてしまった私《わたし》に、夜斗君《やとくん》は視線《しせん》を向《む》けた。

「なに」

「なにって、その」

「俺《おれ》があいつにヤキモチ妬《や》いたら変《へん》？」

「変《かわ》ってわけじゃないけど、その意外《いがい》だなって思《おも》って。涼真君《りょうまくん》にヤキモチなんて妬《や》きそうに思《おも》わなかったから」

私《わたし》の言葉《ことば》に夜斗君《やとくん》はふんっと鼻《はな》を鳴《な》らした。

「俺《おれ》だってヤキモチぐらい妬《や》くさ。特《とく》にあいつは、俺《おれ》の知《し》らない夏希《なつき》を知《し》っている。俺《おれ》より仲《なか》のいい男《おとこ》の存在《そんざい》なんて面白《おもしろ》くないに決《き》まってるだろ」

「そう、なんだ」

あまりにもストレートな夜斗君《やとくん》の思《おも》いに、つい口《くち》ごもってしまう。

まさか夜斗君《やとくん》が涼真君《りょうまくん》に対《たい》してそんなふうに思《おも》っているなんて考《かんが》えもしなかった。

「……一応《いちおう》言《い》っておくけど、涼真君《りょうまくん》はただの幼馴染《おさななじ》み、だよ？」

恋愛対象《れんあいたいしょう》になんて考《かんが》えたこともない。それはきっと涼真君《りょうまくん》も同《おな》じはずだ。

そう言《い》うと、夜斗君《やとくん》は呆《あき》れたような冷《つめ》たい視線《しせん》を私《わたし》に向《む》けた。

「それ、本気《ほんき》で言《い》ってるのか？」

「え、うん。本気《ほんき》だよ？　何《なに》かおかしかった……？」

「あー、いや。うん、夏希《なつき》はそのままでいてくれ。その方《ほう》がきっと俺《おれ》が幸《しあわ》せだ」

「ど、どういう意味《いみ》？」

言《い》われている言葉《ことば》の意味《いみ》が理解《りかい》できない。私《わたし》が今《いま》のままでいることが、どうして夜斗君《やとくん》の幸《しあわ》せに繋《つな》がるのか全《まった》くわからない。

「ねえ、夜斗《やと》く――」

「ちなみに俺《おれ》は？」

夜斗君《やとくん》は足《あし》を止《と》めると、私《わたし》の頬《ほお》に手《て》を添《そ》えた。

「あいつがただの幼馴染《おさななじ》みなのはわかった。なら俺《おれ》は？　俺《おれ》は夏希《なつき》にとってどういう存在《そんざい》？」

「え、えっと、そ、それは」

夜斗君《やとくん》と一緒《いっしょ》にいるとドキドキする。もしかしたらいつの間《ま》にか夜斗君《やとくん》のことを好《す》きになっているのかもしれない。でも、まだ絶対《ぜったい》にそうだっていう自信《じしん》はない。

それに、夜斗君《やとくん》は私《わたし》を花嫁《はなよめ》だと言《い》ってくれる。でも私自身《わたしじしん》のことを好《す》きだと言《い》ってくれたことは一度《いちど》もない。花嫁《はなよめ》だからそばにいてくれるのか、好《す》きだから花嫁《はなよめ》だと言《い》ってくれているのか。今《いま》の私《わたし》には判断《はんだん》がつかなかった。

黙《だま》ったままでいる私《わたし》の頭《あたま》を夜斗君《やとくん》はポンポンと叩《たた》いた。

「なんて、な。困《こま》らせてごめん」

「……うん」

「行《い》こうか」

背中《せなか》を押《お》す夜斗君《やとくん》の手《て》に促《うなが》され、私《わたし》は学校《がっこう》への道《みち》のりを再《ふたた》び歩《ある》き始《はじ》めた。

学校《がっこう》に着《つ》き、本来《ほんらい》なら自分《じぶん》の教室《きょうしつ》へ向《む》かうはずの夜斗君《やとくん》がなぜか私《わたし》の教室《きょうしつ》までついてきた。

「あの、どうしたの？」

「ちょっとな」

「ちょっとって？」

理由《りゆう》を尋《たず》ねてみたものの、それ以上《いじょう》夜斗君《やとくん》が何《なに》かを言《い》うことはなく、ただ無言《むごん》のまま教室《きょうしつ》までついてきた。

いったいどうしたのかと考《かんが》え、私《わたし》はひとつの可能性《かのうせい》に気《き》づいた。まさか、もしかして。

「や、夜斗君《やとくん》。ここまで大丈夫《だいじょうぶ》だよ！」

教室《きょうしつ》のドアを開《あ》けようとする夜斗君《やとくん》の手《て》を私《わたし》は掴《つか》む。

「大丈夫《だいじょうぶ》だから、ね？」

何《なに》がとは言《い》わない。何《なに》がとも聞《き》かれない。

ドア越《ご》しに、教室《きょうしつ》の中《なか》から甲高《かんだか》い女子《じょし》の声《こえ》が聞《き》こえてくる。あの声《こえ》には覚《おぼ》えがあった。

夜斗君《やとくん》は私《わたし》に返事《へんじ》をすることなく、ドアを勢《いきお》いよく開《あ》ける。開《あ》けた視界《しかい》のその先《さき》には、以前《いぜん》絡《から》んできた先輩女子《せんぱいじょし》たち三人《さんにん》が、私《わたし》のこと教室《きょうしつ》の黒板《こくばん》に何《なに》かを書《か》いているのが見《み》えた。

「ひどい……」

そこには私《わたし》に関《かん》する悪口《わるぐち》や、先生《せんせい》におねだりして成績《せいせき》を上《あ》げてもらっているなんていう根《ね》も葉《は》もない陰口《かげぐち》が書《か》かれていた。

「キャハッ。それにしても、ちょっとやりすぎじゃない？」

「大丈夫《だいじょうぶ》、大丈夫《だいじょうぶ》。どうせ誰《だれ》も何《なに》も言《い》わないよ。ねえ？」

教室《きょうしつ》にいるクラスメイトに先輩女子《せんぱいじょし》は言《い》う。

先輩《せんぱい》からの言葉《ことば》に、クラスメイトは微妙《びみょう》な表情《ひょうじょう》で愛想笑《あいそわら》いを浮《う》かべていた。

人《ひと》の悪意《あくい》というのはこんなにも楽《たの》しそうな表情《ひょうじょう》から発《はっ》せられるものなのかとショックさえ感《かん》じる。それぐらい先輩女子《せんぱいじょし》たちは笑顔《えがお》で悪意《あくい》を振《ふ》りまいていた。

呆然《ぼうぜん》として動《うご》けなくなる私《わたし》とは対照的《たいしょうてき》に、夜斗君《やとくん》は無言《むごん》のままツカツカと教室《きょうしつ》の中《なか》を歩《ある》く。

夜斗君《やとくん》に気《き》づいたクラスメイトはひとりまたひとりと道《みち》を空《あ》け、気《き》づけば夜斗君《やとくん》は先輩女子《せんぱいじょし》たちのすぐ後《うし》ろに立《た》っていた。

「おい」

「は？　なによ……って、や、夜斗君《やとくん》……」

「あ、え、な、なんでここに？」

「ち、違《ちが》うの。えっと、その、これは、ね！　そう、遊《あそ》び！　遊《あそ》びなの！　そうでしょ!?」

夜斗君《やとくん》の肩越《かたご》しに私《わたし》を見《み》つけたのか、同意《どうい》を求《もと》めるようにその人《ひと》は言《い》う。

けれど私《わたし》を睨《にら》みつけてくる目《め》は『わかってるんでしょうね!?』と言《い》いたげで、思《おも》わず身体《からだ》が固《かた》まってしまう。

だけど、そんな取《と》り繕《つくろ》うような嘘《うそ》に騙《だま》されるような夜斗君《やとくん》ではない。

「うるさい」

「ひっ」

それは言《い》われた本人《ほんにん》たちだけでなく、周《まわ》りの人《ひと》さえも震《ふる》え上《あ》がらせるような低音《ていおん》だった。

「前《まえ》にも言《い》ったはずだ。俺《おれ》の大切《たいせつ》な夏希《なつき》に手《て》を出《だ》すなら、どうなっても知《し》らない、と」

「そ、そんなのただの脅《おど》しでしょ！」

「脅《おど》しだと思《おも》うか？」

一歩《いっぽ》、夜斗君《やとくん》が前《まえ》に進《すす》むと、先輩女子《せんぱいじょし》たちは一歩《いっぽ》後《あと》ずさる。やがて、先輩女子《せんぱいじょし》たちの背中《せなか》が窓《まど》に触《ふ》れ、それ以上後《いじょううし》ろに下《さ》がれないことはその場《ば》にいる誰《だれ》の目《め》にもわかった。

「やっ、こ、来《こ》ないで！」

「いやっ！」

「――うるさい。俺《おれ》の目《め》を見《み》ろ」

その瞬間《しゅんかん》、夜斗君《やとくん》の纏《まと》う空気《くうき》が変《か》わった。

「もう二度《にど》と、夏希《なつき》に関《かか》わるな」

冷《つめ》たい声《こえ》が教室《きょうしつ》に響《ひび》いたかと思《おも》うと、先輩女子《せんぱいじょし》たちは抑揚《よくよう》のない声《こえ》で「はい」と答《こた》えた。

そのまま夜斗君《やとくん》の横《よこ》をすり抜《ぬ》けると、三人《さんにん》は私《わたし》の前《まえ》に立《た》ち、そして焦点《しょうてん》の合《あ》っていない目《め》でこちらを見《み》た。

「今《いま》までごめんなさい」

「もういじめたりしません」

「もう二度《にど》と関《かか》わりません」

それだけ言《い》うと、そのまま教室《きょうしつ》を出《で》ていく。

何《なに》が何《なん》だかわからない。でも、あの目《め》を私《わたし》は見《み》たことがある。あれは――。

「夏希《なつき》！」

私《わたし》のもとに夜斗君《やとくん》は駆《か》け寄《よ》ると、ギュッと抱《だ》きしめた。

「怖《こわ》い思《おも》いをさせて悪《わる》かった。こんなことになっていたなんて気《き》づかなくてごめん」

「や、と……く……」

「けど、もう二度《にど》とあいつらを夏希《なつき》に近寄《ちかよ》らせないから。だから安心《あんしん》して――」

「夜斗君《やとくん》！」

夜斗君《やとくん》の言葉《ことば》を遮《さえぎ》ると、私《わたし》は震《ふる》える声《こえ》を落《お》ち着《つ》かせることのできないまま、尋《たず》ねた。

「眼力《がんりき》を、使《つか》ったの……？」

「そ、れは……。けど、お前《まえ》を守《まも》るために……」

「使《つか》わないって、言《い》ったのに……」

責《せ》めたいわけじゃない。夜斗君《やとくん》が私《わたし》を守《まも》ろうとしてくれたことはわかっている。

気《き》づかなかった自分《じぶん》をふがいなく思《おも》っていることも知《し》っている。だけど。

教室《きょうしつ》のあちこちから私《わたし》たちへと向《む》けられる視線《しせん》は冷《つめ》たくて、その冷《ひ》ややかさに私《わたし》は耐《た》えられなかった。

平和《へいわ》で静《しず》かな中学生活《ちゅうがくせいかつ》が送《おく》りたかった。もう小学校《しょうがっこう》のときみたいにいじめられたり意地悪《いじわる》されたりするなんてことは嫌《いや》だった。だから難《むずか》しい勉強《べんきょう》も頑張《がんば》って、この学校《がっこう》に入《はい》った。これでもういじめてくる人《ひと》も過去《かこ》を知《し》っている人《ひと》もいないって、そう思《おも》ったから。

なのに、夜斗君《やとくん》が来《き》てから全部《ぜんぶ》グチャグチャだ。

「なつ……」

「もう、やだ」

「夏希《なつき》……」

「夜斗君《やとくん》のせいで、私《わたし》の中学生活《ちゅうがくせいかつ》が無茶苦茶《むちゃくちゃ》だよ！　返《かえ》してよ！　私《わたし》が頑張《がんば》って勝《か》ち取《と》った中《ちゅう》学生活《がくせいかつ》を返《かえ》して！」

溢《あふ》れてきた涙《なみだ》を隠《かく》すように顔《かお》を背《そむ》けると、私《わたし》は教室《きょうしつ》を飛《と》び出《だ》した。

行《い》き先《さき》なんてなかったけれど、これ以上《いじょう》あの場所《ばしょ》にいたくなかった。

廊下《ろうか》を曲《ま》がったところで、歩《ある》いてきた誰《だれ》かに勢《いきお》いよくぶつかった。

「つっ――。って、夏希《なつき》？」

「あ……」

私《わたし》の名前《なまえ》を呼《よ》ぶ声《こえ》に顔《かお》を上《あ》げると、朝練終《あされんお》わりだろうか、首《くび》からタオルをかけた涼真君《りょうまくん》の姿《すがた》があった。

「りょ……まく……」

「夏希《なつき》？　どうした？　なんで泣《な》いてるんだよ」

「あ……私《わたし》……」

なんて言《い》えばいいかわからずに口《くち》ごもる私《わたし》を、涼真君《りょうまくん》は心配《しんぱい》そうに見《み》つめると、首《くび》にかけていたタオルでそっと私《わたし》の涙《なみだ》を拭《ぬぐ》ってくれた。

「何《なに》があったんだよ……」

「……っ」

唇《くちびる》をキュッと噛《か》みしめる私《わたし》の耳《みみ》に聞《き》こえたのは、私《わたし》を追《お》いかけてきた夜斗君《やとくん》の声《こえ》だった。

「夏希《なつき》！　待《ま》てよ！」

「やっ……！」

腕《うで》を掴《つか》まれ、思《おも》わず振《ふ》りほどく。私《わたし》の行動《こうどう》に夜斗君《やとくん》がショックを受《う》けたような表情《ひょうじょう》を浮《う》かべていたけれど、今《いま》の私《わたし》には夜斗君《やとくん》を気遣《きづか》う余裕《よゆう》なんてなかった。

「おい」

私《わたし》と夜斗君《やとくん》の間《あいだ》に割《わ》って入《はい》ると、涼真君《りょうまくん》は夜斗君《やとくん》と向《む》かい合《あ》った。

「何《なに》やってんだよ」

「お前《まえ》には関係《かんけい》ないだろ」

「関係《かんけい》なくねえよ！　言《い》ったよな『俺《おれ》なら泣《な》かさない』って！　なのに何《なに》やってんだよ！」

強《つよ》い口調《くちょう》で言《い》う涼真君《りょうまくん》に、夜斗君《やとくん》は黙《だま》り込《こ》んでしまう。

涼真君《りょうまくん》がこんなふうに怒《おこ》ってるところなんて、冬真君《とうまくん》と仲良《なかよ》くしていた私《わたし》を妬《ねた》んでいじめてきた女《おんな》の子《こ》たちに対《たい》して怒鳴《どな》ったとき以来初《いらいはじ》めて見《み》た。

「夏希《なつき》のことを、こんなふうに泣《な》かすなんて……」

涼真君《りょうまくん》が右手《みぎて》を握《にぎ》りしめ、そして——。

「ストップ」

拳《こぶし》を振《ふ》り上《あ》げたのと、誰《だれ》かの鋭《するど》い声《こえ》が廊下《ろうか》に響《ひび》いたのが同時《どうじ》だった。

「美愛《みあ》……」

「止《と》めるなよ、冬崎《ふゆさき》。こいつは夏希《なつき》のことを……」

「だからってあんたが殴《なぐ》ってどうするのよ。それは夏希《なつき》のためって言《い》って、ただ自分《じぶん》の怒《いか》りを発散《はっさん》させたいだけでしょ」

「それ、は」

ぐっと言葉《ことば》に詰《つ》まった涼真君《りょうまくん》は、振《ふ》り上《あ》げた腕《うで》をぎこちなく下《お》ろした。

「でも、こいつが夏希《なつき》のことを泣《な》かせたんだ！　冬崎《ふゆさき》は許《ゆる》せるのかよ！」

「許《ゆる》せないよ。だから、ふたりともどこか行《い》って？」

「は？」

「夏希《なつき》には私《わたし》が話《はなし》を聞《き》く。頭《あたま》に血《ち》が上《のぼ》ってるふたりはここに必要《ひつよう》ないから、教室《きょうしつ》に帰《かえ》って授業《じゅぎょう》受《う》けててください」

涼真君《りょうまくん》は不服《ふふく》そうに「ちぇっ」と舌打《したう》ちをすると、素直《すなお》に教室《きょうしつ》に戻《もど》っていった。

「蒼月先輩《あおつきせんぱい》もです」

「けど、俺《おれ》は」

「今《いま》、蒼月先輩《あおつきせんぱい》がここにいても、夏希《なつき》のことを怖《こわ》がらせるばかりで逆効果《ぎゃくこうか》だと思《おも》いますよ」

「そんなこと……！」

反射的《はんしゃてき》に言《い》い返《かえ》そうとした夜斗君《やとくん》は、美愛《みあ》に向《む》けていた視線《しせん》を私《わたし》に向《む》けた。

「そんなこと、ない、よな？」

ない、と即答《そくとう》できなかった。だから。

「教室《きょうしつ》に、行《い》って」

「夏希《なつき》……」

「行《い》って！」

「……わかったよ」

そう言《い》って夜斗君《やとくん》は私《わたし》に背《せ》を向《む》けて自分《じぶん》の教室《きょうしつ》へと向《む》かう。

ただ顔《かお》を背《そむ》ける寸前《すんぜん》、夜斗君《やとくん》が傷《きず》ついたような悲《かな》しそうな表情《ひょうじょう》を浮《う》かべていたことが、心《こころ》に残《のこ》った。

「……さてと」

ふたりがいなくなると、美愛《みあ》は明《あか》るい声《こえ》で言《い》った。

「じゃあ、ちょっと話《はな》そっか」

黙《だま》ったまま頷《うなず》いた私《わたし》に、美愛《みあ》はしょうがないなというような笑《え》みを浮《う》かべていた。

場所《ばしょ》を移動《いどう》させようか、という美愛《みあ》の提案《ていあん》で、私《わたし》たちは体育館裏《たいいくかんうら》の段差《だんさ》に腰《こし》を下《お》ろした。

ここなら一時間目《いちじかんめ》が始《はじ》まったとしても、誰《だれ》かが来《く》ることはないはずだから、と。

「でも、授業出《じゅぎょうで》なくて大丈夫《だいじょうぶ》かな。朝《あさ》の会《かい》も……」

不安《ふあん》に思《おも》った私《わたし》が言《い》うと、美愛《みあ》はケロッと笑《わら》う。

「まあそこは、黒崎君《くろさきくん》がなんとかしてくれるんじゃない？」

「涼真君《りょうまくん》にそんなことできるかな……」

「大丈夫《だいじょうぶ》だって。たぶん」

それまでの自信満々《じしんまんまん》の言葉《ことば》から一転《いってん》、不安《ふあん》そうに続《つづ》ける美愛《みあ》の言葉《ことば》に、つい笑《わら》ってしまう。

「やっと笑《わら》った」

「え……？」

「ずっとつらそうな顔《かお》してたから。何《なに》があったの？」

「それが……」

私《わたし》は教室《きょうしつ》であったことを美愛《みあ》に話《はな》す。先輩女子《せんぱいじょし》たちが私《わたし》の机《つくえ》に嫌《いや》がらせをしている現場《げんば》に遭《そう》遇《ぐう》してしまったこと。三人《さんにん》に対《たい》してもう私《わたし》に手出《てだ》ししないようにと夜斗君《やとくん》が言《い》ってくれたこと。

自分《じぶん》を守《まも》ってくれた夜斗君《やとくん》に対《たい》して、ひどいことを言《い》ってしまったこと。

包《つつ》み隠《かく》さず、全《すべ》て話《はな》した。眼力《がんりき》のことを除《のぞ》いて。

「そっか。ごめんね、私《わたし》がもう少《すこ》し教室《きょうしつ》に早《はや》く着《つ》いてたら、先輩《せんぱい》たちを止《と》められたのに」

「ううん、美愛《みあ》は何《なに》も悪《わる》くないよ」

首《くび》を横《よこ》に振《ふ》る私《わたし》に、美愛《みあ》は「でも、やっぱりごめんね」ともう一度《いちど》謝《あやま》ってから私《わたし》を見《み》た。

「ねえ、聞《き》いてもいい？　夏希《なつき》と夜斗《やと》先輩《せんぱい》って、どういう関係《かんけい》なの？」

「あ……」

前《まえ》にも聞《き》かれたことがあった。「付《つ》き合《あ》ってるの？」と。あのときは付《つ》き合《あ》っていないと答《こた》えたけど、でも。

「……実《じつ》は、一緒《いっしょ》に暮《く》らしてるの」

「一緒《いっしょ》に……」

「それで、結婚《けっこん》しようって、言《い》われてる」

「けっ……」

美愛《みあ》は目《め》をパシパシさせながら私《わたし》を見《み》て、それから空《そら》を仰《あお》いだ。

「実《じつ》は付《つ》き合《あ》ってる、とかそういうのは想像《そうぞう》してたけど、斜《なな》め上《うえ》の答《こた》えにビックリした」

「ご、ごめんね。私《わたし》もうまく受《う》け入《い》れられてなくて、誰《だれ》にも言《い》えなくて、それで……」

「ああ、うん。いいよ、大丈夫《だいじょうぶ》。これは誰《だれ》にも言《い》えないよね。なんで教《おし》えてくれなかったの！　なんて言《い》わないから安心《あんしん》して」

笑《わら》っているはずの美愛《みあ》の顔《かお》がどこか引《ひ》きつっているように見《み》えるのは、気《き》のせいだろうか。

「でも、そっか。あの夜斗先輩《やとせんぱい》と結婚《けっこん》……。つまり許嫁《いいなずけ》ってこと？」

「まあ、そんな感《かん》じというか……なんというか……」

「それは知《し》られたら、大変《たいへん》なことになるよね。今《いま》でもこんな状況《じょうきょう》なのに」

美愛《みあ》の言葉《ことば》に私《わたし》は頷《うなず》きながらため息《いき》をついた。

「ホントに……。夜斗君《やとくん》が来《き》てから私《わたし》の生活《せいかつ》めちゃくちゃだよ……。夜斗君《やとくん》が転校《てんこう》してこなければ、こんな目《め》に遭《あ》わなかったのに」

思《おも》わずぼやいてしまった私《わたし》に、美愛《みあ》は真面目《まじめ》な顔《かお》で首《くび》を振《ふ》った。

「今《いま》さらそんなこと言《い》っても仕方《しかた》ないでしょ」

「それは、そうなんだけど」

「起《お》きてしまったことをグジグジ言《い》ったところで何《なに》かが変《か》わるわけでもないんだし」

「まあ、うん。そうだよね」

美愛《みあ》の言葉《ことば》はもっともだ。

「理由《りゆう》がどうであれ、夜斗先輩《やとせんぱい》が夏希《なつき》をいじめていた人《ひと》たちに怒《おこ》ってくれて、夏希《なつき》のことを助《たす》けた。そうだよね」

黙《だま》って頷《うなず》く私《わたし》に、美愛《みあ》は話《はなし》を続《つづ》けた。

「そのことについて、お礼《れい》は言《い》ったの？」

「……言《い》ってない」

お礼《れい》を言《い》うどころか、夜斗君《やとくん》のせいだと言《い》って責《せ》め立《た》てた。

「私《わたし》、夜斗君《やとくん》のこと傷《きず》つけちゃった。助《たす》けてくれたのに、全部《ぜんぶ》夜斗君《やとくん》が悪《わる》いんだって……」

「言《い》っちゃった言葉《ことば》はもうなかったことにできない。それはわかるよね」

「うん……。私《わたし》、ね、夜斗君《やとくん》に、誰《だれ》のことも傷《きず》つけてほしくなかった。なのに、その夜斗君《やとくん》を私《わたし》が傷《きず》つけちゃった」

あんな顔《かお》、させたかったわけじゃないのに。

「なら、これからどうしなきゃいけないかもわかる、よね」

「謝《あやま》らなきゃ、いけない」

私《わたし》の答《こた》えに、美愛《みあ》は優《やさ》しく頷《うなず》いた。

「ちなみに、さ」

授業《じゅぎょう》の終《お》わりを知《し》らせるチャイムが鳴《な》り、教室《きょうしつ》へ戻《もど》るため立《た》ち上《あ》がった私《わたし》に美愛《みあ》は言《い》った。

「結婚《けっこん》とかそういうのは置《お》いておいて、夏希《なつき》は夜斗先輩《やとせんぱい》のことどう思《おも》ってるの？」

「え、ど、どうって」

「夜斗先輩《やとせんぱい》が夏希《なつき》のことを好《す》きなのはすごく伝《つた》わってくるんだけど、夏希《なつき》の気持《きも》ちがいまいちわからなくて」

私《わたし》の、気持《きも》ち。

ドキドキすることもあるし、好《す》きなのかもしれないと思《おも》うときもある。

でも、この気持《きも》ちが恋《こい》なのかと言《い》われたら、自信《じしん》を持《も》って頷《うなず》くことはまだできない。

「……もっと一緒《いっしょ》にいたいなって思《おも》ってる。それから、夜斗君《やとくん》のことをもっと知《し》りたいって、そう思《おも》ってるよ」

「そっか」

美愛《みあ》は満足《まんぞく》そうに微笑《ほほえ》むと、私《わたし》の背中《せなか》を押《お》した。

「じゃあその気持《きも》ちを、ちゃんと夜斗先輩《やとせんぱい》に伝《つた》えなきゃね」

私《わたし》はその言葉《ことば》に、前《まえ》を向《む》いて頷《うなず》いた。

その日《ひ》、夜《よる》が来《き》ても夜斗君《やとくん》が帰《かえ》ってくることはなかった。

お母《かあ》さんたちが何《なに》も言《い》っていないところをみると、何《なに》か連絡《れんらく》はしたんだと思《おも》うけど。

私《わたし》は昼休《ひるやす》みの出来事《できごと》を思《おも》い出《だ》して、気持《きも》ちが落《お》ち着《つ》かなかった。

夜斗君《やとくん》がきっかけではあるけれど、別《べつ》に夜斗君《やとくん》が悪《わる》いわけじゃない。モテたいと言《い》ったわけでもファンクラブを作《つく》ってほしいと言《い》ったわけでもない。

夜斗君《やとくん》は夜斗君《やとくん》でただ学校生活《がっこうせいかつ》を送《おく》っていて、その中《なか》でたまたま私《わたし》が夜斗君《やとくん》のことを好《す》きな女《おんな》の子《こ》に目《め》をつけられただけ。

だいたいうちに住《す》むことになったのだって、ご両親《りょうしん》の仕事《しごと》の都合《つごう》で夜斗君《やとくん》が望《のぞ》んだわけじゃない。それなのに、一方的《いっぽうてき》に夜斗君《やとくん》のせいにして、責《せ》め立《た》てた。

「私《わたし》って、最悪《さいあく》だ」

机《つくえ》に向《む》かっていたものの、勉強《べんきょう》に身《み》なんて入《はい》らない。ずっと夜斗君《やとくん》のことを考《かんが》えてしまう。

私《わたし》は鉛筆《えんぴつ》を置《お》くと、自分《じぶん》の部屋《へや》を出《で》て夜斗君《やとくん》の部屋《へや》へと向《む》かった。

電気《でんき》の消《き》えた部屋《へや》。きちんと片付《かたづ》けられていて、まるでもうここには帰《かえ》ってこないかのようだった。

「夜斗君《やとくん》……」

「……なに」

「え？」

無意識《むいしき》のうちに呼《よ》びかけた言葉《ことば》に、どこからか返事《へんじ》が聞《き》こえた。

いったいどこから、そう思《おも》い探《さが》すと、少《すこ》しだけ開《ひら》いた窓《まど》の向《む》こうに人影《ひとかげ》が見《み》えた。

「こんなところにいたの？」

カーテンを開《あ》けると、ベランダの隅《すみ》で膝《ひざ》を抱《かか》えて座《すわ》っている夜斗君《やとくん》の姿《すがた》があった。

「だって、俺《おれ》の顔《かお》なんて見《み》たくないと思《おも》って……」

まるで捨《す》てられた子犬《こいぬ》のように、顔《かお》だけこちらを見《み》る。

吸血鬼《ヴァンパイア》のはずなのに、俺様《おれさま》で強引《ごういん》なのに、可愛《かわい》く思《おも》えてしまうのはどうしてだろう。

「……そんなところにいたら、風邪《かぜ》引《ひ》いちゃうよ」

「夏希《なつき》、俺《おれ》……」

夜斗君《やとくん》は立《た》ち上《あ》がり部屋《へや》の中《なか》に入《はい》ると、私《わたし》に向《む》かって頭《あたま》を下《さ》げた。

「ごめ――」

「待《ま》って！」

謝《あやま》ろうとする夜斗君《やとくん》の言葉《ことば》を止《と》める。夜斗君《やとくん》は不安《ふあん》そうに顔《かお》を上《あ》げてこちらを見《み》た。

私《わたし》は小《ちい》さく息《いき》を吸《す》い込《こ》むと、まっすぐに夜斗君《やとくん》を見《み》つめ、口《くち》を開《ひら》いた。

「ごめんなさい」

「え……？」

「私《わたし》のことを守《まも》ろうとしてくれたのに、傷《きず》つけてごめんなさい」

少《すこ》し驚《おどろ》いたような表情《ひょうじょう》で私《わたし》を見《み》たあと、夜斗君《やとくん》は優《やさ》しく微笑《ほほえ》んだ。

「夏希《なつき》が謝《あやま》る必要《ひつよう》なんてないよ。それに、俺《おれ》の方《ほう》こそごめん」

「なんで夜斗君《やとくん》が……！」

「夏希《なつき》のことを守《まも》れなかった。泣《な》かしたくなんてなかったのに、俺《おれ》が……」

夜斗君《やとくん》は私《わたし》に手《て》を伸《の》ばしかけて、その手《て》を空中《くうちゅう》で止《と》めた。

「俺《おれ》のこと、怖《こわ》い？」

前《まえ》は、怖《こわ》くないって答《こた》えた。でも。

どこか不安《ふあん》そうに尋《たず》ねる言葉《ことば》に、私《わたし》は少《すこ》しためらいながら、でも小《ちい》さく頷《うなず》いた。

「今日《きょう》みたいなのは、ちょっとだけ怖《こわ》い」

「そう、だよな」

しょんぼりしそうになる夜斗君《やとくん》の腕《うで》を、私《わたし》は掴《つか》んだ。

「けど、それ以上《いじょう》に夜斗君《やとくん》がそばにいないと寂《さび》しいの」

「え……？」

「知《し》らない間《あいだ》に、夜斗君《やとくん》がそばにいてくれるのが当《あ》たり前《まえ》になってたみたい」

「夏希《なつき》……！」

ギュッと私《わたし》を抱《だ》きしめる夜斗君《やとくん》の背中《せなか》に、そっと腕《うで》を回《まわ》した。

「……ホントはね、ずっと不安《ふあん》だった」

押《お》し込《こ》めていた気持《きも》ちを、私《わたし》はゆっくりと話《はな》す。

「夜斗君《やとくん》が、私《わたし》のことを花嫁《はなよめ》って言《い》うたびに、私《わたし》が花嫁《はなよめ》だからそばにいてくれるんだって。私《わたし》の血《ち》が必要《ひつよう》だから、花嫁《はなよめ》にしたいんだって」

「そんなこと……ない、って言《い》うと嘘《うそ》になる」

夜斗君《やとくん》の言葉《ことば》に、胸《むね》の奥《おく》が苦《くる》しくなる。

逃《に》げ出《だ》したくて身体《からだ》を離《はな》そうとするけど、夜斗君《やとくん》は私《わたし》の身体《からだ》を抱《だ》きしめる腕《うで》に力《ちから》を込《こ》めた。

「最初《さいしょ》は、花嫁《はなよめ》だから夏希《なつき》のことが欲《ほ》しかった。夏希《なつき》に俺《おれ》のことを好《す》きにさせて、血《ち》を吸《す》わせてもらおうって思《おも》ってた。はは、俺《おれ》、最悪《さいあく》だな」

夜斗君《やとくん》……。

聞《き》こえてくる声《こえ》は夜斗君自身《やとくんじしん》を責《せ》めているように聞《き》こえて、私《わたし》は静《しず》かに首《くび》を振《ふ》った。

「思《おも》ってた、ってことは、今《いま》はそうじゃないってこと？」

「……夏希《なつき》と一緒《いっしょ》に過《す》ごす時間《じかん》が増《ふ》えれば増《ふ》えるほど、どんどん夏希《なつき》に惹《ひ》かれていった。好《す》きになった。花嫁《はなよめ》だから、じゃない。今《いま》は夏希《なつき》だから花嫁《はなよめ》になってほしいってそう思《おも》ってる」

「夜斗《やと》、君《くん》……」

どれだけ私《わたし》のことを想《おも》ってくれているかが、言葉《ことば》だけじゃなくて全身《ぜんしん》から伝《つた》わってくる。

「夏希《なつき》、は？　俺《おれ》のこと、どう思《おも》ってる？」

「私《わたし》、は」

夜斗君《やとくん》が、本音《ほんね》で話《はな》してくれたから。私《わたし》もちゃんと今《いま》の自分《じぶん》の気持《きも》ちを伝《つた》えたい。

「夜斗君《やとくん》のこと、好《す》き、だと思《おも》う」

「ホントか⁉」

嬉《うれ》しそうな夜斗君《やとくん》の声《こえ》に、私《わたし》は慌《あわ》てて言葉《ことば》を続《つづ》けた。

「でも、まだちゃんとわからないの。この気持《きも》ちが本当《ほんとう》に恋《こい》なのか、それとも違《ちが》うのか」

「そ……っか」

「ごめんなさい」

夜斗君《やとくん》がガッカリしたのがわかって、思《おも》わず謝《あやま》ってしまう。でも――。

「今《いま》はそれでもいいや。夏希《なつき》が好《す》きだって思《おも》ってくれるなら、その先《さき》にある感情《かんじょう》がなんでも、今《いま》はいい。それだけで嬉《うれ》しいから」

ギュッと抱《だ》きしめる身体《からだ》から伝《つた》わってくるぬくもりは、あたたかくて、優《やさ》しかった。

どれぐらいそうしていただろう。一階《いっかい》からお母《かあ》さんが呼《よ》ぶ声《こえ》が聞《き》こえて、私《わたし》は慌《あわ》てて夜斗君《やとくん》から身体《からだ》を離《はな》した。

「そ、そうだった。そろそろ晩《ばん》ご飯《はん》だって言《い》ってたから、一緒《いっしょ》に食《た》べよ」

「いいのか……？　夏希《なつき》のことを怖《こわ》がらせたのに……。離《はな》れたほうがいいんじゃあ……」

不安《ふあん》そうに私《わたし》を見下《みお》ろす夜斗君《やとくん》から、私《わたし》は顔《かお》を背《そむ》けた。そして。

「わ、私《わたし》は！　あなたの花嫁《はなよめ》なんでしょ!?　それなら旦那《だんな》さんはいつでも私《わたし》のそばにいてくれなきゃ駄目《だめ》なんじゃないの!?」

「夏希《なつき》……！」

「きゃっ」

夜斗君《やとくん》は私《わたし》の名前《なまえ》を呼《よ》んだかと思《おも》うと、もう一度《いちど》私《わたし》を抱《だ》きしめた。

「前言撤回《ぜんげんてっかい》！　俺《おれ》、ずっとそばにいるから！　夏希《なつき》のことを守《まも》るから！　だから」

夜斗君《やとくん》は私《わたし》に首筋《くびすじ》へ、僅《わず》かに唇《くちびる》を触《ふ》れさせた。

「十六歳《じゅうろくさい》になったら、俺《おれ》が大人《おとな》の吸血鬼《ヴァンパイア》になったらそのときは、お前《まえ》の首筋《くびすじ》に牙《きば》を立《た》てていいか？　一生《いっしょう》、俺《おれ》だけのものだっていう印《しるし》をつけたい」

私《わたし》は自分《じぶん》の首筋《くびすじ》に指先《ゆびさき》で触《ふ》れる。

夜斗君《やとくん》が十六歳《じゅうろくさい》になるまであと一年《いちねん》。

そのときになればここに牙《きば》を立《た》てられ、血《ち》を吸《す》われる――。

夜斗君《やとくん》のそばにいたいという気持《きも》ちは本当《ほんとう》だし、好《す》きか嫌《きら》いかと聞《き》かれれば好《す》きだと思《おも》う。

でも、血《ち》を吸《す》われることまで受《う》け入《い》れられるのだろうか。

「……返事《へんじ》は、一年後《いちねんご》でいい。一年後《いちねんご》、お前《まえ》の答《こた》えを聞《き》かせてくれ」

その言葉《ことば》に私《わたし》は俯《うつむ》き、小《ちい》さな声《こえ》で「はい」と頷《うなず》いた。

私《わたし》の身体《からだ》を抱《だ》きしめる夜斗君《やとくん》の腕《うで》に力《ちから》が込《こ》められる。

思《おも》わず顔《かお》を上《あ》げると、夜斗君《やとくん》が私《わたし》を見《み》つめていて、それで――。

「あ――!」

瞬間《しゅんかん》、その声《こえ》は響《ひび》いた。

「お前《まえ》! 夏希《なつき》から離《はな》れろ! この変態《へんたい》!」

隣《となり》の家《いえ》の窓《まど》から、身《み》を乗《の》り出《だ》す涼真君《りょうまくん》の姿《すがた》が見《み》えた。

「うるさい、静《しず》かにしてろ」

わざとらしく舌《した》を出《だ》すと、夜斗君《やとくん》はカーテンを閉《し》めて、クックッと笑《わら》った。

望《のぞ》んでいたはずの、普通《ふつう》の生活《せいかつ》とは違《ちが》うけれ

ど、こんな生活《せいかつ》もありなのかもしれない。
そう思《おも》ったら、自然《しぜん》と私《わたし》の口元《くちもと》は笑《え》みを浮《う》かべていた。

ヴァンパイアくん、溺愛注意報！

今日から吸血鬼の花嫁に!?

カドカワ読書タイム

ヴァンパイアくん、溺愛注意報《できあいちゅういほう》！

今日《きょう》から吸血鬼《きゅうけつき》の花嫁《はなよめ》に!?

2024年9月11日　初版第一刷発行

著者　望月くらげ

発行者　山下直久

発行　株式会社KADOKAWA
〒102-8177　東京都千代田区富士見2-13-3
0570-002-301（ナビダイヤル）

印刷・製本　株式会社広済堂ネクスト

ISBN 978-4-04-684018-9 C8093

グランドデザイン　ムシカゴグラフィクス
ブックデザイン　オダカ+おおの蛍（ムシカゴグラフィクス）
イラスト　左近堂絵里

この作品はフィクションです。実際の人物・団体・事件・地名・名称等とは一切関係ありません。

本書は、2023年にカクヨムで実施された「カドカワ読書タイム短編児童小説コンテスト」の「児童向け恋愛小説（溺愛）」部門で大賞を受賞した「バンパイア君、溺愛注意報!」を加筆修正したものです。